小学館文庫

ふくふく書房でお夜食を

砂川雨路

小学館

目次

東京郊外、古びた商店街。

路地をちょっと入ったところにある小さな書店・ふくふく書房。

店員は中年の店主とその若い娘のふたり。ふさふさと毛の長い雑種犬のフクコ、丸々ふくよかな白猫の大福《だいふく》も一緒。営業時間は朝十時から夜八時までと、どこにでもある本屋さん。


けれどそんなこの書店、ごくごくたまに、夜更け灯《あか》りがついている。

赤い提灯《ちょうちん》と紺色の暖簾《のれん》。扉の隙間から漂ういい香り。本と本に囲まれた薄暗い店の先には……。


今日も誰かがふらりとやってくる。

坊っちゃんの天麩羅蕎麦《てんぷらそば》

「帰ったら何食べよう」

木名《きな》みのりはマンションまでの道すがらひとり呟《つぶや》いた。一月の夜は芯から凍りそうな寒さで、コツコツと鳴るパンプスの音も硬く冷たく感じる。空気が澄んでいるので、星は綺麗《きれい》だ。都心部から離れたこの街の空には、かなりの数の星が見える。

（宏典《ひろのり》、もう帰ってるかな）

職場の広告代理店から地下鉄と急行を使って五十分、駅から徒歩十分のマンションは婚約者の塩屋《しおや》宏典と決めた。都心部より家賃が安い分、結婚資金を貯《た》めやすいし、宏典の職場からもそう遠くない。二年住んでいるが、ほどよく田舎《いなか》っぽさがあっていい街だと思う。

みのりは三十二歳になる。広告代理店の仕事は激務で、毎日が必死だ。部下も抱え、同期の中ではひとつ抜けた出世のペースだろうという自負がある。

今日も終電に間に合わない予定だった。タクシーで帰宅するので、宏典には先に寝ていてもらうよう頼んである。しかし関係先のスケジュールがズレこみ、予定していた撮影がキャンセルになった。同僚たちと何か食べて帰ろうかとも考えたが、せっかくなので早く帰ることにした。

宏典に連絡しようかと考えてやめた。「今から食事を作る」などと張り切られては困る。宏典はいつもとびきり優しい。

帰宅してから、自分で何かぱぱっと作ろう。時刻は二十一時。案外、宏典も帰った頃かもしれないし、家に何も食材がなかったらふたりでコンビニか駅前のファミレスに行ったたっていいのだ。

最近宏典とゆっくり食卓を囲んでいない。年中忙しい職場だが、年明けから今日までは特に忙しかった。朝は高校教師である彼の出勤の方が早く、夜はみのりの方が遅い。土日も、宏典は顧問をしているバドミントン部の練習で出かけることが多く、みのりも出勤や在宅ワークで忙しかった。

「あったかいものがいいな」

宏典が食べていなかったら、冷凍のうどんでも温めようかと考える。乾燥の味付けお揚げと天かすがあったはず。あれをのせたら、簡単だがいい夕食になる。野菜がないけれど、明日の昼にでもサラダを食べて帳尻を合わせよう。

マンションに帰りつき、四階までエレベーターであがる。コンビニでアイスクリームでも買ってくればよかったと今更思った。寒い冬にあたたかな部屋で食べるアイスが宏典もみのりも大好きだ。宏典は定番のバニラ、みのりは新製品。冬場は濃厚なチョコレートや餅を使ったアイスなども多い。あたたかなうどんの後のアイスはさぞ美《お》味《い》しいだろう。

（あとで宏典と買いに行こう）

うどんとアイスクリームを想像しながら、鍵を差し込みドアを開けた。

違和感が鼻孔をくすぐった。ドアを開けてすぐに甘い香りがしたのだ。それはお菓子や花の匂いではなく、芳香剤のような香りだ。

宏典のスニーカーの隣に、小さなパンプスが揃《そろ》えてあった。華奢《きゃしゃ》なヒールのパンプスはみのりのものではない。サイズも違えば、趣味も違う。

顔をあげるとシャワーの音が聞こえた。みのりは息をつめた。現実感がないまま、そろりとリビングに向かう。リビングのソファには女性ものの鞄《かばん》。椅子の背もたれには同じく女性もののコート。

そして、リビングからドアひとつ隔てた脱衣所から楽しそうな男女の声が聞こえてくる。

手足がじんわり感覚を失っていくのがわかった。

「だから、違うってば」

そう笑いながら脱衣所のドアを押し開けたのは宏典だ。腰にバスタオルを巻いただけの姿である。その後ろから、同じくバスタオルを巻いただけのロングヘアの女性が笑いながら出てくる。

ふたりは同時にリビングで仁王立ちするみのりを見つけた。そしてなんともわかりやすい驚きの表現として、びくんと大きく身体《からだ》を揺らした。目を見開き、凍り付いている。

「みのり……」

怒りなのか悲しみなのかわからない。言葉が出てこない。

気づいたらみのりはスマホを取り出していた。半裸のふたりに向けてシャッターをばしばしと切りまくる。「きゃっ」と悲鳴をあげ女性が脱衣所に逃げ込んだ。

「みのり、やめてくれ！」

宏典が叫び、即座にその場に土下座した。

「ごめん！　本当にごめん！」

「何がごめん？」

「ごめん！」

宏典はごめんしか言わない。額を床にこすりつけたまま。

女性の方は脱衣所の中だ。顔はしっかり見たし、勢いで写真も撮ってしまった。見覚えがある、宏典の同僚だ。去年の春に採用された二十三歳。バドミントン経験者で、副顧問になったと聞いていたし、生徒や保護者をまじえた夏のバーベキューで簡単に挨拶もした。確か佐川《さがわ》という名前だったはず。

「も、申し訳ありません」

佐川がおずおずと脱衣所から出てきて頭を下げた。胸元を隠し、顔を伏せたまま言うのだ。

「どうか、学校には言わないで……」

「はあ」

正直に言えば、みのりはそんなつもりで写真を撮ったわけではなかった。咄嗟《とっさ》に証拠を残さなければとカメラを向けていたが、その後どうしようとまでは考えていなかった。

それにしても、この佐川という教師はとんでもない。謝罪もそこそこに保身の言葉を口にしたのだから。そんな性根《しょうね》でよく教育者が務まるな、とみのりは呆然《ぼうぜん》とした。

「私と彼が結婚を前提に同棲《どうせい》しているって知っていたよね」

「俺が悪いから！」

佐川を問い詰めようとしているように見えたのか、宏典が立ち上がって、佐川とみのりの間に入った。

「俺が誘ったから佐川さんは悪くないんだ。俺が悪い！」

「塩屋先生……」

佐川が顔を歪《ゆが》めて、わっと顔を覆った。時代遅れの陳腐なドラマのような光景だ。

（馬鹿みたい……）

みのりはまだ放心していた。今この瞬間が夢の中のように遠い。感情がぐちゃぐちゃで、思考がうまく回らない。宏典が裏切っていた。それだけでなく相手を庇《かば》った。

リビングは底冷えしていた。宏典と佐川は放っておけばいつまでも半裸のままメロドラマを続けるつもりかもしれない。服を着せて話し合いをすべきだろうか。

（明日も仕事があるのに）

怒り、悲しみ、虚《むな》しさ。そのすべてと同じくらい強い倦怠感《けんたいかん》を覚えた。ついさっきまでは日常だったのに、急に非日常に放り込まれてしまった。この非日常をどうにかしないと、みのりの生活は元に戻らないだろう。

当座、今夜寝るところすらなく、どうしたらいいのかわからない身の上だ。宏典とこの女が過ごしていたのが、みのりがいつも疲れを癒やしているダブルベッドであることに一番の怒りを覚える。安全地帯が汚《けが》された。

「許さないから」

みのりはからからに乾いた唇でそれだけを発した。内容の強さの割に空虚に響いた言葉を置いて、みのりは踵《きびす》を返す。ついさっきまで履いていたローヒールのパンプスに足を突っ込み、自宅を出た。


怒りというのは限界を超えるとうまく処理できなくなるらしい。

闇雲に歩きながら、みのりは心の中で罵倒し続けていた。宏典を許せない。佐川を許せない。それなのに、あの場で言えた言葉のなんと少なかったことか。

浮気の決定的な瞬間を押さえたみのりは、正論でふたりを叩《たた》きのめすことができた。保身の言葉を発したあの厚顔な女を徹底的に痛めつけてやることだってできたはずだ。

それなのに、何もかもが嫌になり逃げだすように部屋を出てしまった。

言えなかった言葉が、今更身体中を駆け巡って怨嗟《えんさ》の渦ができている。苦しくて死にそうだ。

「宏典、なんで……」

同い年の宏典とは付き合って五年、同棲して二年になる。同棲する前に互いの家族に挨拶もして、ふたりで結婚のために資金を貯めてきた。

それなのに、宏典は若い同僚と浮気をした。

あの様子だと、魔が差したのではないだろう。おそらくはもう何度も逢瀬《おうせ》を重ねている。今夜はみのりが遅いと知っていて家に呼んだ。確信犯だ。タチが悪い。

いつからだろう。仕事だ、部活だと休日にいない日のうちいくらかは彼女との時間に使っていたに違いない。

心の中は嵐のようだった。

宏典はみのりにとって、将来を誓った相手だった。全幅の信頼があった。そのたったひとりが、みのりを裏切った。

あの若い同僚を好きになったのなら、どうして別れを切り出してくれなかったのだろう。別れた上で交際すればよかったのに、どうしてみのりの前では婚約者の顔でいられたのか。宏典の本質は誠実で真面目《まじめ》な男だ。少なくともみのりはそう感じていた。だから、別れを切り出せなかったのはみのりに配慮していたせいかもしれない。結婚の約束までしてしまったみのりを捨てられず、日々悩んでいたのかもしれない。もしくは、みのりが忙しすぎて切り出せなかったとか。もし、宏典がみのりとのすれ違いの生活に寂しさを覚えていたとしたら……。

いいや、たとえ何があっても不貞がゆるされる理由にはならない。先に別れを切り出すという面倒を、宏典は怠ったのだ。目先の快楽を優先したのだ。

「五年も一緒にいたのに」

二十代後半から三十代前半の五年間、宏典に使った時間はもう帰ってこない。そのことにゾッとした。五年間の記憶が思い出したくもないものになるのだ。宏典と経験したすべてが不快な記録になる。

自分の人生に真っ黒な穴が空いてしまったようだ。取り返しのつかない大穴だ。順風満帆だと思っていたのに、どうしてこんなことになったのだろう。

ふと、みのりは顔をあげた。

当《あ》て所《ど》なく歩き続けて、ずいぶん遠くまで来てしまったようだ。矢印と駅名が書かれた看板によると、隣の隣にある駅まで歩いていたようだ。みのりが住む街は急行が停《と》まるが、この駅は各駅停車しか停まらない。降りたことはない。

時刻は二十二時半。

「今夜、どうしよう」

コートもマフラーも手袋もしているが、外で夜明かしできる気候ではないし、何より女性ひとりではさすがに危ない。ポケットにはスマホと財布。

せっかくなら会社近くに移動してビジネスホテルにでも泊まろうか。しかし、鞄をマンションに置いてきたので、どっちみち明日には取りに行かなければならない。

部屋にはもう戻りたくないし、宏典とふたりで眠っていたダブルベッドでは未来永《えい》劫《ごう》眠ることはできない。

「ファミレス、あるかな」

スマホで調べようと取り出すと、着信履歴がずらりと並んでいた。宏典からだ。メッセージもたくさん入っているが、見る気にはなれなかった。

地図アプリを開いて近くで夜明かしできそうな施設を調べた。残念ながら、駅前にはファミレスもホテルもない。諦めきれず駅前までやってきたが、さびれた雰囲気の駅舎以外は特に何もなかった。閑散とした商店街があり、コンビニだけは灯りがついている。

家の近所に戻った方がファミレスやカラオケがある。しかし、今は戻りたくなかった。宏典やあの女と鉢合わせしないとも限らないのだ。

「ん？」

みのりは鼻をひくつかせた。冷たい夜の空気に混じって、安心するような香りが漂ってくるのだ。

（お出汁《だし》だ）

商店街のどこからか出汁のいい匂いが風に乗って運ばれてくる。鰹節《かつおぶし》の香ばしくてよだれの出そうな匂い。

みのりは空腹であることを思い出した。怒りと混乱に陥る前、みのりは今日の夕飯について考えていた。そうだ。ちょうど、うどんを食べようと思っていたっけ。

身体は空腹をしっかり覚えていて、先ほどから時折きゅうと悲しい音を鳴らしていた。身体の要求を無視し続けてはいたものの、出汁の香りに、みのりの胃が改めてきゅるきゅると鳴った。

「食べたい気分じゃないのになあ」

呟きながら足は匂いの出所を探していた。まだ営業をしている定食屋があるのかもしれない。居酒屋という可能性もある。ともかく食事をしてから、どうするか考えよう。匂いが強くなったのは細い路地で、進むと油の香りもしてくる。

（どこかの家の夕飯だったら恥ずかしいな）

人の家の夕食の香りに誘われてふらふらしているなんて情けなさすぎる。そんなみのりの目に赤い光が見えた。アジアンテイストの提灯《ちょうちん》が軒先につるされている。昔旅行した台湾《タイワン》のお祭りで、こういったランタンがずらりと並んでいたように思う。

近づくとそこは、小さな商店だった。紺色の暖簾《のれん》がかかり、ガラスの戸には『お食事あり〼』の張り紙。

(え、でも、ここ)

みのりはあらためてその門構えを見上げた。

『ふくふく書房』

壁にはそう銘が打たれていた。

「書店なのに、お食事?」

「はい、そうなんです」

いきなり戸が開き、さらには声がして、仰天したみのりは数歩後ずさった。

「あ、驚かせてしまって申し訳ありません。ふくふく書房の者です」

ガラス戸の隙間から顔を出したのはショートボブの若い女性だ。まだ二十歳《はたち》そこそことといったところか。色が白く、目がくりくりと丸い。薄くそばかすがある。彼女が愛想よく言った。

「お食事はいかがですか？　日替わり定食、今夜は天麩羅蕎麦ですよ」

天麩羅蕎麦。それで、出汁の香りがしたのか。油の香りもそれだ。

しかし、匂いの正体がわかったからといって、疑問が晴れたわけではない。

「え、ええ？　本屋さんで？　お食事？」

「はい。昼間は書店なんですが、夜は気まぐれ営業の定食屋をやっています」

そんな店、見たことも聞いたこともない。ブックカフェというならわかるが、定食屋というとまたイメージが違う。

「メニューは一品だけ。ちょっとしたデザートもつきますよ。いかがでしょう」

そういった女性店員の足元からにゅっと顔を出したのは毛の長い犬だった。中型犬より少し大きいだろうか。みのりは驚いて、またしても一歩下がった。

「こら、フクコ」と彼女が犬をたしなめ、頭を引っ込めさせる。それから、付け足すように言った。

「お客様、犬猫のアレルギーはありませんか？　嫌でなければ、お食事の前後に犬と猫を撫《な》でていただいたりもできちゃうんですが」

「犬……猫……」

「あ、犬と猫の機嫌次第ではあります！　このフクコは愛想のいいおばあちゃんなので、撫でられることが多いです。猫は……彼の気分次第です！」

　フクコの丸くて茶色の目がみのりに向けられている。魅力的だとみのりは思った。動物は好きだ。多忙なので今は難しいが、いつか家族ができたら動物を飼いたいと思っていた。

「寄っちゃおうかな……」

「はーい、いらっしゃいませー！　一名様、ご案内でーす」

　女性店員が陽気な声で奥に向かって呼びかける。

　引き戸からおそるおそる中に足を踏み入れると、そこは本当に書店だった。個人の営む古き良き町の書店といった雰囲気。ずらりと並ぶ文庫、平積みの新刊、人気のコミックス。普段は外に出ているだろう雑誌の棚や新聞ラックが今は通路に収納されている。

　みのりは正面に顔を向け、目をこすった。

　薄暗い店内の奥に、オレンジの灯りが煌々《こうこう》と光っているのだ。

「え、あそこが食べるところ？」

「はい、そうなんですよ」

　書店の突き当たり部分には可動式の書架があり、それらがぐるりと横の壁に移動していた。開けた二畳ほどのスペースにはひとり掛けソファとローテーブルという応接セットが鎮座している。

そして、その向こう、開け放たれた引き戸の先に小さな食堂があった。L字型のカウンターは四席。正面に三席と左手に一席である。

白木のカウンター越しにキッチンが見え、厨房《ちゅうぼう》服を着た中年男性がぺこりと頭を下げた。

「いらっしゃいませ」

低くて渋い声だ。

「店長で、父です」

女性店員が紹介する。どうやら家族経営の店らしい。

左奥の席では中年の女性が蕎麦を箸ですくいあげ、口に運んでいた。他の客の姿を見てようやくここが食事処《どころ》なのだと実感する。ふわっと濃い出汁と香ばしい天麩羅の香りが鼻をくすぐった。

「お客様、お食事を先にしましょうか」

カウンターをじいっと見てしまったみのりに女性店員が言った。お腹《なか》が空《す》いたという顔をしていたのだろう。みのりは慌てて頷《うなず》いた。

「え、ええ。先にいただきます」

「それじゃあ、お食事の後にフクコを撫で放題にしますね。猫もいるんですが、どこに行っちゃったかな」

フクコという犬は応接セットの置かれたところでぴたりと止まり、食堂の方には入ってこずにローテーブル横のバスタオルが敷かれた場所で寝そべった。

「じゃあ、私がフクコちゃんと遊ぼうかな」

食事を終えた中年の女性がカウンターの椅子から降りて、ソファのところへやってきた。みのりに笑顔で会釈をする。常連なのだろう。フクコがすっくと立ちあがり、嬉《うれ》しそうに女性の足に身体をこすりつけた。

「黒江《くろえ》さんのお茶とデザート、そちらに運びますね。……さあ、お客様はこちらへどうぞ」

女性店員に椅子を引かれ、みのりは右端のカウンター席についた。

「天麩羅は海老《えび》とイカ、さつまいもとなすとまいたけ、かきあげはニンジンとタマネギです。全部でもお好きなものだけでも。お申しつけください」

店主が低く落ち着いた声で話しかけてくる。明るい娘とは対照的な空気を持つ人だ。

「全部好きなんですけど、……そんなに食べきれるかな」

悩んだところで、お腹が再びきゅううっと鳴った。みのり自身にしか聞こえなかったとは思うが、これは身体が食べようと言っているに違いない。

「全部いただきます。お願いします」

今夜は多少やけ食いしてもいいのではなかろうか。ジャケットを脱いでコートと一緒に壁にかけ、カットソーの腕をまくった。

後ろでは常連客に撫でられ、フクコがお腹を見せている。人懐っこい子だ。食事のあと、絶対に撫でさせてもらおう。

「今日は『坊っちゃん』の好物だった天麩羅蕎麦がテーマなんです」

そう言って隣に立った女性店員がさっと文庫本を見せてきた。夏目漱石《なつめそうせき》の『坊っちゃん』だ。読んだ跡があるので、売り物ではなく彼女の自前のものだろう。

「ご存じですか？」

「はい。学生時代に読みましたよ」

みのりは本を受け取りぺらぺらとめくった。カウンターの向こうではじゅううっといい音が聞こえる。店主が天麩羅を揚げているのだ。作り置きではなく、客が来るごとに揚げるらしい。

「坊っちゃんは好物の天麩羅蕎麦を四杯もたいらげるんですよ」

「ああ、そんなシーンがありましたね。確か蕎麦や団子を食べているところを教え子に見られて、からかわれるんですよね」

「そうなんです。四杯も食べてしまう天麩羅蕎麦ってどんなものかなあって父と話して、想像したメニューなんです」

「本屋さんだから、いつも本に出てくるメニューを出してるんですか？」

みのりが尋ねると、蕎麦をゆでる手を止め店主が答えた。

「そう毎日ではありません。たまに、です」

「私がデザート係なんですが、甘味を再現するほうが多いですね。ちなみに今日のデザートは『坊っちゃん』のお団子です」

娘の方が付け加えて言った。どうやら娘のアイディアで実施している、特別メニューの日にあたったようだ。

「お待たせしました。天麩羅蕎麦です」

「うわあ、豪勢」

目の前にどんと置かれた天麩羅蕎麦を見て、みのりは思わず声をあげた。

濃い色の関東風のつゆに、細い蕎麦。お椀《わん》の中からいい匂いの湯気がたちのぼる。

隣には揚げたての天麩羅がどっさりとお皿にのっていた。これを熱々の蕎麦にのせて食べるのだ。横に添えられているネギと三つ葉と七味はお好みでといったところか。

「四杯も食べてしまうってことは、きっと好きな天麩羅がたっぷりのっていたんじゃないかなと想像したんです」

　女性店員が自信満々に言い、みのりは苦笑いを返す。

「好きな天麩羅ばかりだとしても、これを四杯だとしたらフードファイター並じゃないかしら。……いただきます」

　みのりは箸を手に、まずはかきあげをそっとつゆに浮かべる。かきあげの下半分にじゅわっと出汁が染みるのがわかった。つゆに天麩羅の油が溶け出し、てらてらと光を反射する。箸でもう一度持ち上げ、はふっとひと口かじると、下半分は出汁がしみて柔《やわ》く、上半分はサクサクと香ばしい。

　下には少し色の薄い蕎麦が見える。箸で取り、息を吹きかけるのもそこそこに、待ちきれない気持ちでずるりとすすった。濃厚な出汁と蕎麦の香りが口内を満たした。

「この蕎麦には繋《つな》ぎにふのりが使われています。食感と喉越しがよくなるそうです」

「ふ、ふあい」

　咀嚼《そしゃく》しながら一生懸命答えるみのりに、店主は声をかけるタイミングが悪かったと思ったようで黙った。みのりは蕎麦を飲み込み、再びかきあげを箸でつまみあげた。

ぶわぶわとつゆを吸ったかきあげを夢中でたいらげ、次に海老天をつゆにひたし、頬張った。

「海老天も美味しい!」

思わず声が漏れる。揚げたての天麩羅なんて久しぶりだ。実家に行ったときに母が揚げてくれるくらいで、一人暮らしのときも、宏典と同棲中も、揚げ物はハードルが高くて避けていた。

そして、この店主の揚げる天麩羅の絶妙な揚げ加減といったらない。

べちゃべちゃもしていないし、焦げてもいない。軽くていくらでも食べられそうな天麩羅なのだ。出汁の味も濃すぎず薄すぎず、ふのり蕎麦の味わいを引き立てている。

一心不乱とはこのことではないかと思った。みのりはそのくらい食事に夢中になっていた。額の汗をぬぐい、ティッシュで鼻をかみ、唇を油でつやつやにして天麩羅蕎麦を口に運んだ。

(美味しいしかわからない)

不思議だった。美味しいものを食べている瞬間は、どす黒い絶望がどこかにいってしまっている。きっとすぐそこにいるのだろう。それでも、この瞬間は入ってくる余地がない。今ここには天麩羅蕎麦とみのりしかいないのだ。

（美味しい。美味しいな）

やけ食いだなんて少しでも考えたのが馬鹿だった。やけになって味がわからなかったらもったいない天麩羅蕎麦だ。ぺろりと食べきり、つゆまですすって蕎麦椀を置くと、女性店員が横から団子ののった皿を差し出してきた。

「今日のデザート、『坊っちゃんの食べたお団子』です。現地のお土産やお茶屋さんでは三色団子や求肥《ぎゅうひ》に包まれたものが売られているそうですが、今日は当時を参考に餡《あん》団子にしてみました」

餡子がまぶされたシンプルな団子をひと口かじると、白玉とは違う食感がした。上新粉か団子粉で作られた餅のようだ。

「むちっとしてるけど歯切れがよくていいですね。餡子が甘すぎなくてちょうどいいです。いくらでも食べられそう」

女性店員を見やって感想を言うと、彼女は照れたように微笑《ほほえ》んだ。

「お客様、感想が詳細でお上手ですね。餡子も私が炊いたのですごく嬉しいです」

「本当に美味しい。ほら、もうなくなっちゃった」

三つあった餡団子はあっという間になくなった。天麩羅蕎麦の後なのにすいすい食べてしまったのだから、坊っちゃんのことは言えない。

「ああ、美味しかった」

みのりはごちそうさまと両手を合わせた。満たされた。真っ暗な空っぽの穴が温かく埋まった。

（食事ってすごい）

お腹を撫でて、ふうと息をつく。現実問題として、宏典の浮気は解決していない。先ほどから、鞄の中でスマホが何度も振動していて、おそらくは宏典からだろうとは思う。しかし、みのりはメッセージアプリを開く気も、返信する気もなかった。

どう答えればいいかわからない。

はらわたが煮えくり返るような激情は、食事とともに落ち着いていた。もちろん、消えたわけではない。しかし、それよりも徒労感と虚無感があった。

これほど身体は満たされているのに、みのりが安心して休める場所はなくなってしまったのだ。

宏典の隣には別の女性がいたのだから。

「フウン」とパンプスの隣で鳴き声が聞こえた。見れば、カウンター席の足元に、フクコが来ている。どうやら常連客が帰って、みのりの元へやってきたようだ。

「こら、フクコ。こっちはいけないよ」

店主がフクコを注意した。店主の位置からカウンター下は見えないはずだが、入ってくるのが見えたのだろう。フクコは食堂スペースには入ってはいけない決まりのようで、先ほどはぴたっと止まったというのに。

「私がソファに行きますよ」

みのりはカウンターから離れ、ソファへ移動した。すかさずフクコがついてきて足元に寝そべる。いくらでも撫でてちょうだいといわんばかりだ。

「フクコちゃん可愛《かわい》いね」

おばあちゃんだと女性店員は言っていたが、それなりの年齢なのは毛並みからもわかる。ミックス犬なのか茶色の毛は長くふさふさとしていて、背中を撫でると心地よさそうに目を細める。もっと撫でてほしいのか顔をこちらに向けてくるので、頬から顎をうりうりと両手で撫でまわした。

そこで、みのりは正面の暗がりにふたつの光るものを見つけ、小さく「ひっ」と悲鳴をあげた。

「あ、大福《だいふく》。こんなところに」

書店と食堂のつなぎ目スペースはソファの近くのみ淡いオレンジの電球がついているが、周囲は書店と同じ程度の薄暗がりなのだ。そこから女性店員が引きずり出してきたのは、大きな猫だ。犬猫付きとは言っていたが、猫の存在をすっかり忘れていた。

「驚かせてしまってすみません。大福です」

真っ白でふくよかな猫は、大福というらしい。確かに大福を彷彿《ほうふつ》とさせる風貌だ。

みのりを見て「なあ」と少々ドスの利いた声音で鳴く。フクコと比べると愛想はあまりいいほうではないのかもしれない。

猫は女性店員の腕から降り、みのりの横を通り過ぎて書店の方へすたすたと行ってしまう。

「嫌われちゃったかな」

みのりが呟くと新しいお茶を持ってきてくれた店主が答える。

「今はフクコがお客様を独占していますからね。譲ってやろうと思ったのでしょう」

つまりはあの大福という猫も撫でられたいのだろうか。とてもそんな風には見えず、みのりは少し笑った。

「お疲れですか?」

不意に店主に尋ねられ、みのりはハッと顔をあげた。

「やだ。そう、見えましたか?」

「失礼しました。ただ、この店にたどりつく方は色々なことで疲れていらっしゃる方が多いんです」

夜しかやっていない、書店の中にあるごはん処。確かにみのりもこんなきっかけがなければたどりつかなかったかもしれない。

「疲れた人だけが見つけられるような魔法がかかっているのかもしれないですね。……私も、この駅に偶然来て、お出汁の香りに誘われて来たので」

みのりはフクコを撫でながら呟いた。

「ある出来事があって……私はなんのために頑張ってきたんだろうって、思ってしまいました」

先ほどの光景がよぎる。

宏典の情けない顔。相手の女の気まずそうな顔。

もっと怒って、罵って、めちゃくちゃに暴れてやればよかった。ふたりをあの格好のまま、家から追い出してやればよかった。今更ながらみのりはそう思った。

そういえば、『坊っちゃん』も頭がカーッとなると上手に言葉が出てこない性質《たち》だったなと思い出す。

「長い時間をかけてきました。信頼もありました。それなのに全部が全部、いっぺんに台無しになりました。それが悔しくて虚しいんです」

裏切られた悲しみはある。ふたりで培ってきた時間を、いっときの欲と等価に扱われたのがつらいし許せない。

しかし、それ以上に強い虚無を感じていた。五年という月日を無駄にしたという、なんとも言い難い徒労感だ。

（こんなことを考えちゃうなんて、私は打算で宏典と付き合ってきたのかな）

自嘲の笑みが漏れてしまう。いや、結婚を考える相手であるならば、メリットデメリットは考えて当然。少なくとも、みのりにとって宏典はそういう相手だった。疑うなどということは前提になかったのだ。

「なんのために頑張ってきたのかとおっしゃいましたが」

店主が低く静かな声で言った。

「それはお客様自身のために頑張ってきたのではないでしょうか」

「私自身のため？」

「ええ。徒労感を覚えるほど、その出来事にショックを受けられたのでしょう。ですが、物事においてすべてが徒労に終わるということは案外少ないように思います」

けっして、気に障る言い方ではなかった。物静かな店主だと思っていたが、想像より喋《しゃべ》るのだなと感じたくらいだ。

しかし、みのりは思わず皮肉げに答えてしまった。

「そう言っちゃえば、そうかもしれませんが、覆水盆に返らずって言葉もあるでしょう。私が嫌な思いをして、人生を台無しにされた事実は消えないですよ」

「……そうですね。お客様がくたくたになるまで傷ついたのはまぎれもない事実でしょう。ですが、振り返ってみればお客様が邁進《まいしん》してきた道が、そこには残っているかもしれません」

「あ！　坊っちゃん、ですよ」

女性店員が口を挟んだ。すぐに出しゃばったと思ったのか口を押さえたが、店主とみのりを交互に見て、おずおずと付け足す。

「ほら、坊っちゃんも自分の正義を貫いて、最後は東京に帰ったじゃないですか。そうして、自分が本当に大事にしていたのは母親同然の下女のおばあちゃんだったって気づく。坊っちゃんの冒険は終わったかもしれないけれど、大事なことに気づけたから得るものはあった……と考えるのはどうでしょう……」

みのりはうーんと天を仰いだ。

この五年、すべてに宏典がいる……。坊っちゃんのように自分の正義に則《のっと》って、宏典たちを懲らしめたとしても、すっきりするかはわからない。この日々に、何か得たものがあったと言えるだろうか。

「あ、ひとつだけ……、台無しになっていないことがありました。朝食を食べる習慣」

みのりは思いだしたように言った。

「以前、朝は食べないことが多かったんです。でも今は、朝食だけは食べるようになりましたね」

朝食を食べるようになったのは宏典の影響だった。彼は早く出勤するときも、みのりの分の簡単な朝食を用意してくれていた。

朝食以外にも、宏典に影響された習慣はいくつかあった。

「寝る前はスマホを見ないこととか、元気がでないときは軽い運動か散歩をすることとか、健康習慣がついたかも。それで、仕事も能率があがったなあって実感があって、結構頑張れて……」

宏典と暮らして身に付いた習慣が、みのりを助けていた。そして、仕事については結婚や妊娠出産を視野に入れてキャリアを積んできたが、そもそもみのりは仕事が好きなのだ。自分のために働いてきた。

みのりはフクコを撫でる自身の手を見つめた。

「無駄になってないもの、あった……かな」

　そう言ってからハッと顔をあげる。

「でも、健康な身体と仕事しか誇れるものがないのもいけない気がする！　趣味がひとつもないなんて！」

「それは追々でいかがでしょう。なにしろ、人生は長いですから」

　店主に言われ、なるほどと頷いた。

　そうだ。まだ人生は続くのだ。みのりは今まで通り、これからもよく眠りすっきり目覚め、朝食を食べて会社に行くだろう。同じように生きていくだろう。

　そうして暮らしていけば、この先楽しいことは山ほどあるのかもしれない。

「なあん」

　猫の鳴き声が聞こえた。見れば、先ほど書店のほうに行ってしまった大福がみのりのいるソファを見下ろしている。横にのけた書架に乗っているのだ。

「大福、降りなさい」

　店主が腕を伸ばすと、大福はひらりとその腕を躱《かわ》して、みのりの膝の上にどすんと着地した。それから、ローテーブルをかすめて地面に降り立つ。ローテーブルに置いてあったメニュースタンドがかたんと倒れた。そのときみのりは初めて、そのスタンドに何が書かれているのかに気づいた。

「え？」

そこには【素泊まりできます。三千円（税込み）】と記されていた。

「この本屋さんって食堂だけじゃなくて泊まれもするんですか？」

思わず頓狂な声をあげてしまい、大福がびくっとこちらを見る。書店に食堂だけで変な店なのに、宿泊もできるとは。

「ああ、はい。以前下宿をやっていたときのお部屋がひとつありまして、空けておくのもなんなので格安でお貸ししています」

「そこを貸してください！」

気がつけば勢いよくそう言っていた。どこにも行き場所のない自分にこれほどぴったりな場所はない。

店主はかすかに目を大きくし、それから浅く頷いた。

「承知しました。今、娘が準備をしますので、フクコとお待ちください。……念のため、お待ちになるご家族がいらっしゃるなら、ご連絡をなさるよう推奨しています」

みのりのように勢いで泊まる客もいるということだろう。みのりは首を左右にぶんぶん振った。

「いません。大丈夫」

同棲中の婚約者の浮気などと事情を説明する気にはなれなかったし、今のみのりの気持ちとして、もう宏典を家族としてカウントすることはできなかった。

前払いで格安の料金を支払い、宿泊者名簿に名前を書いた。なんだか特別なことをしているようでわくわくする。

食堂のＬ字型のカウンターの左手奥に戸があった。女性店員に案内されて中に入るとそこは玄関だった。左側にある鍵のかかる戸が外への出入口らしく、明日の朝はここから外に出てほしいと言われた。店主らが起き出していないうちに帰る客も多いのだろう。

正面には急角度の階段がある。この書店の外観からしても、階段や家屋部分の古さは想像できた。食堂部分が極めて綺麗なのはそこだけ改装してあるからだろう。

階段は案の定、ひと踏みごとにぎぃぎぃと音が鳴る。みのりが歩くと、後ろをフクコがついてきた。

「フクコも一緒に行きたいみたいです」

「わあ、嬉しい。フクコちゃん、一緒に寝てくれるの？」

フクコはフウンと優しく鼻を鳴らす。甘え上手だ。

「トイレに行きたくなったら自分で移動しますから。人間は母屋との行き来はできませんが、フクコと大福は通れる通路があるんです」

「へえ」

階段を上り切ると右手に向かって廊下がのびていた。まずふすまの部屋があり、その奥が洗面所のようだった。廊下の突き当たりに母屋と行き来できる動物用のドアが見えた。

荷物を置こうとふすまを開ける。そこは昭和レトロな和室だった。丸いちゃぶ台と花柄の電気ポット。同じくレトロな柄の掛布団カバーともみじ形の和紙が貼られた障子に、祖母の家に遊びに来たような感覚を覚えた。

「可愛い」

「女性のお客様には結構人気なんですよ。古いものをリサイクルして使っているだけなんですけど。あ、お風呂が沸いています。タオルや浴衣《ゆかた》などそなえつけのものはご自由にお使いください」

「はあい」

風呂はとても小さく、浴槽の横に何か機械がついている。少なくともみのりは見たことがないものだ。青いタイルは昔、テレビドラマで見たことがある気がする。ともかくあちこちレトロで、みのりはすっかり気に入った。

浴槽に身体を沈め、痛いくらいじんとする指先をゆっくり曲げ伸ばしして、背中を壁面に預けた。

「再構築……できるかな」

みのりは浴室の天井を眺めた。少し落ち着いたせいか、冷静に考えられる。関係の再構築という道もないわけではないのだ。むしろ、その方が環境や現状を変えずに済む。

メッセージも確認していないし、電話にも出ていないが、宏典からはたくさんの連絡が来ている。浮気相手を庇った宏典だが、男として責任を被《かぶ》るつもりなのだろう。みのりへの気持ちがなくなったわけではない。

宏典はみのりを裏切ったが、みのりを愛していないわけではない。みのりが許せば、泣いて喜びみのりの元へ戻ってくるだろう。

しかし、宏典がみのりを裏切った事実は永劫残るのだ。みのりを軽んじ、自身の欲望を優先した。そこに恋や気の迷い、寂しかったなどというカバーを付けて謝罪されても無意味だ。

「私はたぶん、一生宏典を疑う」

どれほど誠意を見せられても、きっと何度も疑う。疑心暗鬼になって苦しむ。そんな苦痛を負う理由がみのりにはない。それは現状を変えないという道が安楽ではなく苦難の始まりだと示唆している。

さきほど、店主らと話した内容が浮かんだ。今までの五年間は無駄ではなかった。みのりは自分の意志で、この五年間を生きてきたのだから。

「今日までの五年じゃなくて、明日からの五年を考えよう」

呟くと、涙があふれた。この瞬間まで泣くことすらできなかった自分に気づいた。苦しくて、悲しくてたまらない。

大事な人を、今日失った。

「宏典、こんなふうに終わりにしたくなかったよ」

湯舟にぱたぱたと涙が落ちる。みのりはしゃくりあげながら、泣き続けた。

どれほどそうしていただろう。

「フウン」

甘い鳴き声が聞こえた。顔をあげると、曇りガラスの戸の向こうにフクコの影が見える。

「フクコちゃん？」

みのりは浴槽からざばりと立ち上がった。急に立ったのと泣きすぎたせいで、くらっと立ち眩《くら》みがしたが、どうにか壁を頼って浴槽を出る。戸を開けると、フクコが舌を出してハッハッとみのりを見上げている。『大丈夫？』と言わんばかりの顔に、みのりは涙をぬぐった。

「お風呂が長くて心配したのかな？　きみって賢いねえ」

バスタオルで身体を拭き、浴衣を着て部屋に戻った。布団に入るまで、フクコはずっと傍《そば》にいてくれた。みのりをひとりにしてはいけないと、そんな使命でも感じているかのようだった。

フクコの存在と温度は確かに今のみのりにはありがたかった。この瞬間の途方もない寂しさと決意を支えてくれる。布団の足元で丸くなったフクコの重みを感じ、みのりも深い眠りに落ちて行った。

帰宅したのは翌朝六時だった。始発が動き出し、仕事の準備もしなければならなかったから早めに書店を出たのだ。

マンションの部屋には宏典がひとりでいた。一睡もしていないのかもしれない。リビングでソファに腰掛けて待っていた。当然だろうが、玄関にもリビングにも女の私物はない。

リビングに入ってきたみのりに向かって立ち上がった宏典は、その場で土下座した。

昨晩に続き、二度目の土下座だ。

「みのり、本当にごめん」

「……言い訳は、全部スマホで見たよ」

宏典からは長文のメッセージが入っていた。浮気に至った経緯《いきさつ》、彼女とは本気ではなかった、みのりとやり直したい……想像通りの内容だ。

それを見た上で、みのりは宏典の前に膝をついた。目線を近づけたかった。

「宏典、別れよう」

「みのり」

宏典が顔をあげた。すがるような目をしていた。

「結婚するつもりだった。だからこそ浮気は許すことができない」

「もう絶対しない。約束する」

口ではなんとでも言える。それを信じられるほどの信頼関係がふたりの間にはすでになかった。みのりの困ったような薄い笑顔に、宏典は自身の約束という言葉の拙《つたな》さを悟ったようだ。

「五年も……一緒にいたのに」

諦めきれないと言いたげな言葉に、みのりはふっと息をついた。

「宏典がそれを言うんだ」

壊したのは誰だろう。築き上げてきた信頼を、ふたりの未来を粉々にしたのは宏典だ。

「宏典は私を刺したの。信頼していた私を背中からナイフで刺した。この先ずっと、またいつ刺されるんじゃないかと考えながら暮らすことはできない」

表向き取り繕うことはできるだろう。そうして関係を再構築する家族も数えきれないほどいるだろう。しかし、裏切られた方の傷はずっと残る。

宏典の目には涙がたまっていた。その涙が堰《せき》を切ったように頬をつたうのを、みのりは静かに見つめていた。

宏典を愛《いと》しく思う気持ちは、みのりの中から消えていない。しかし、その涙を拭《ぬぐ》ってあげる理由が、みのりにはもうないのだ。

「マンション、今月中には引き払うから、なるべく早く出て」

そう言ってみのりは泣き続ける元婚約者を見つめた。

＊＊＊＊＊

「こんばんは～」

元気な声が聞こえ、ふくふく書房の食堂に入ってきたのは木名みのりだ。店主である四藤夏郎《しとうなつろう》は顔をあげ、にっこりと彼にしては最大限の笑顔を作った。それでも表情に乏しい店主のため、相手からは微笑を浮かべた程度にしか見えないのだが。

「木名さん、いらっしゃいませ。今日のメニューは麻婆《マーボー》豆腐丼ですが、よろしいですか？」

「はい、それをください。あとはこれ。引っ越しのご挨拶」

そう言って、みのりはカウンターにラッピングバッグをのせる。

「フクコちゃんと大福くんのおもちゃ」

「そんなお気遣いをさせてしまいましたか。申し訳ないですね」

「いいんです。店長と成《なる》ちゃんにはお世話になったから」

そう言ったところに、娘の成が書店側の控室から出て食堂に入ってきた。

「あら、みのりさん、いらっしゃいませ。引っ越し終わったんですか？」

「先週には終わってたんだけど、休み取った分仕事が忙しくってね。なかなか来られなかった～。成ちゃん、これからはご近所さんよ。よろしくね」

みのりはそう言って溌剌《はつらつ》と笑った。

ひと月前に青い顔をして来店したみのりは、その翌日から十日間、ふくふく書房の客間に宿泊した。

本人曰《いわ》く、婚約者に浮気をされて婚約を解消したそうだ。同棲していたマンションには帰りたくないので当座の宿として借りたいという申し出を夏郎は受け入れた。困っている客に部屋を貸すのは昔からやっていることだ。

その後みのりは休暇を取って実家に数日間戻り、先週無事に引っ越しを終えたようだ。連絡は受けていたが、新居はこのふくふく書房の近所らしい。

「お疲れ様でした。何かと気苦労の多い日々でしたでしょう」

夏郎は麻婆豆腐丼と菜の花の味噌汁《みそしる》をみのりの前に置く。みのりはレンゲを手に、まずは麻婆豆腐丼をうっとりと見つめてから、夏郎を見上げ首を横に振った。

「それが案外さっぱりしたもんで。うちの親は怒ってましたし、向こうの親は平謝りで可哀想《かわいそう》でしたけど、ふたりで貯めてた結婚費用を慰謝料代わりに全額もらいました。彼の希望で私の引っ越し代も全部出してもらいましたよ」

感情面の解決は置いておいて、金銭面はしっかり補償されたようだ。もともとの性格なのか、みのりは愚痴を言いたいわけではないのだろう。

「元婚約者さんはどうなったんですか？」

成が無遠慮に聞き、さすがに夏郎は焦った。二十歳の娘には、もう少し客との距離感を勉強させなければならない。

「それが大変だったみたい」

みのりが少しだけ意地悪く目を細めた。

「浮気相手の女性、他の同僚既婚者や保護者とも関係があったらしくて、家族が学校に怒鳴り込んできたんですって。流れで彼との関係も明るみに出たそうです」

「あらまあ」

「私立校なんで学長の一言で女性は解雇。彼もいづらくなって辞めたみたいです」

「因果応報ですねえ」

さすがに夏郎は無遠慮な成をじろりと睨《にら》んだ。成が首をちぢこまらせ、フクコと大福のいるソファに移動する。

みのりは麻婆豆腐丼をようやく口に運んだ。はふはふと熱さに顔を皺《しわ》くちゃにして、それからほうっと幸せそうなため息をつく。

「いい気味とは思っちゃいましたけどね。でも昨日、彼から非常勤講師の働き口がみつかりそうだって連絡をもらったときは素直によかったなと思いましたよ」

「木名さんは優しいですね」

「よりを戻すとかは絶対ないですけど、一度は家族になろうとした人なんで。情はありますね」

男女の別れは女性の方が切り替えが早いと聞く。実際みのりを見ていると、彼女がすでにあの日に囚《とら》われていないのが伝わってくる。前を向いて、未来を見据えている。

「わふっ」

フクコがソファ向かいの待機スペースでひと声鳴いた。あまり吠《ほ》えることのないフクコが声を発するのはアピールだ。早く撫でてほしいのだろう。

みのりが振り向いて、へへっと笑った。

「フクコちゃん、待っててね。食べ終わったら遊ぼう」

「それじゃあ、デザートの紅茶ゼリーはこっちに運びますね」

戸が開く音がする。客が来たようだ。

「いらっしゃいませ」

成が元気な声を張り上げた。

鳥捕りの鳥

渡瀬秀太《わたせしゅうた》は二十三歳になったばかりだ。四月生まれで周囲の子どもより発達が早く、体格も大きかったため幼い頃から何かと頼りにされてきた。

中学三年生のときに両親が離婚し、それからは母を支えアルバイトをしつつ高校を出た。奨学金で地元の大学に入学し、大学時代もアルバイトを掛け持ちしながらパートで働く母とともに妹の受験費用と大学の費用を捻出した。

我ながら結構頑張って大人になったと渡瀬は思っていた。忙しい日々だったけれど、家族や友人に頼りにされるのは嫌いじゃない。おそらく自分はそういう星のもとに生まれてきたのだろう。

妹の進学先が東京だったこともあり、渡瀬もまた東京で就職を決めた。そうして、長く住んできた地元の滋賀県を離れ、この春、家族三人で上京してきた。

東京郊外の静かな町の団地に入居し、新生活が始まった。

「渡瀬くん、こっちお願い」

呼ぶ声に渡瀬は顔をあげる。

「はい！」

駆け寄った先には製本が終わったばかりの冊子を検品している同僚たち。中年の山《やま》塚《つか》という女性はパートだが社歴が長く、工場では実質渡瀬の指導係だ。

「検品が終わったものから梱包《こんぽう》していくから、宛名シール貼って最終チェックをお願い」

「わかりました！」

「終わったら集荷待機場所まで運ぶんだよ」

「はい。行き先別に置くんですよね」

「そうそう」

山塚は忙しそうに言い、他のパートたちと検品作業に戻る。

渡瀬はタブレット端末のデータと宛名シールを見比べて確認する。納品書と中身の確認は山塚たちがしてくれているので、渡瀬は宛先と納期の最終確認と、単純な力仕事として荷運びをしていく。

渡瀬が勤めるのは畠山《はたけやま》印刷という印刷会社。

正社員はゆくゆくは営業や人事、生産管理などあらゆる業務を担うが、新卒社員の仕事はまず工場内の仕事をひと通り覚えることだった。

「渡瀬くん、こっちもお願い」

「はい！　わかりました！」

「声が大きいわねぇ」

パートの女性たちに笑われ、渡瀬は照れて口をもぞもぞさせた。声が大きい、元気がいい。子どもの頃からよく言われてきたことで、自分の長所だと思っている。

「渡瀬、午後は営業についてきなさい」

昼休憩中、オフィスのデスクで弁当を食べていると、営業部の課長の川本《かわもと》が声をかけてきた。

「はい、わかりました。ありがとうございます」

渡瀬は急いで昼食を掻《か》きこむ。そんな渡瀬を見て、川本が苦笑いをした。

「急がなくていいから、ゆっくりね。大丈夫、アポイントは十四時だから」

「あ、すみません」

そう答えつつも、渡瀬は急いで昼食を済ませた。

小さな印刷会社の今年の新入社員は渡瀬ひとり。同期はいないので、全員が先輩か上司だ。だからこそ絶対に足を引っ張らないようにしたい。ひとつひとつの仕事を早く覚えて、何度も同じことを聞かないようにしよう。フットワークは軽く、呼ばれたら大きな声で返事をする。

今までもそうやってきた。

子どもの頃から元気が取り柄の頼れる男。この職場でも早く戦力になって、認められたい。上司たちにはいい新人が入ったと思ってもらいたいし、取引先にも信頼されたい。

渡瀬家の大黒柱は自分だ。

母もパートに出てくれているが、正社員の渡瀬の方が収入では上になる。妹が大学を出るまでは、母とふたりで学費を捻出し、その後は妹とふたりで今までの母の苦労に報いたい。恋愛や結婚は収入にゆとりができて貯金ができるようになってからでいい。今は、まだそんな時期じゃない。

それより渡瀬が気になるのは、なんとなくこの会社から覇気が感じられないことだった。

渡瀬が想像していた〝会社〟というものは、同じ目標に向かって汗水たらして熱心に働く活気のある場所だ。

しかし、この会社は誰もが皆あまりガツガツしていない。繁忙期を除けば残業をする人もいない。同人誌や趣味の冊子を注文してくる個人顧客以外は、昔から付き合いのある取引先ばかり。アグレッシブに営業をかけ、新規の受注を取ってくるような仕事はしていない様子だ。

（まあ、でも俺が頑張ればいいんだよな）

渡瀬は弁当を片付け、歯ブラシを片手にトイレに向かう。

一番の若手である自分が、この会社を盛り上げていけばいいのだ。営業に出られるようになったら、飛び込みで新規の仕事を取ってくればいい。個人顧客向けのサービスも、もっと多種多様な提案ができるはず。そうして、自分が頑張ればおのずと会社自体が盛り上がっていくのではなかろうか。

「初めまして！　渡瀬秀太と申します！」

午後、川本課長に連れて行ってもらったのは古くから社内報などの印刷を発注してくれている部品メーカー。渡瀬の元気いっぱいな挨拶に、メーカーの社長は「おお」と声をあげ、にこやかに言った。

「元気な新人さんが入ったね」

「騒がしくて申し訳ありません。元気だけが取り柄でして」

川本が頭を下げ、渡瀬も並んで頭を下げた。社長は笑顔のまま手を振った。

「いやいや、返事もしない若者が多い中、この新人くんは立派だよ」

渡瀬はにっと笑った。元気がいいとそれだけで印象がよくなる。

入社してひと月と少し、仕事はすべて順調だろう。

もっともっと頑張ろう。そして、一日も早く一人前の社員になるのだ。


職場最寄《もよ》りの停留所からバスを乗り継ぎ四十分。駅前でバスを降りると、母と妹の待つ団地に向かって歩いた。

夕暮れ時、駅から家に向かう人の群れがオレンジ色に照らされる。二十三区外の静かな町でも、渡瀬たちが住んでいた故郷の町より人が多い。ぞろぞろと歩く人たちにまぎれると、自分が都会で働く歯車のひとつになったように思えた。それは心細いというより落ち着く。

大学を出て、東京で就職した。家族を養う自分はもうすっかり大人なのだ。そう実感できるからだ。

「お兄《にい》、お帰り」

家では妹の咲《さき》が夕食の準備をしてくれていた。まだ大学に慣れないだろうに、空いた時間は率先して家事をやってくれている。キッチンからはカレーのいい匂いがする。

「母さんは？」

「今、帰り道だって。職場のコロッケ買ってくるって言ってたよ」

「母さんの職場のスーパー、揚げ物うまいよな」

「わかる。今夜カレーだから、コロッケのせよう」

「絶対うまいやつだ」

風呂を洗って沸かす。咲と洗濯物をたたんでいると母が帰宅した。

つつましくもあたたかい家族三人の生活は、故郷から東京に移っても続いている。

この生活を守り、自分を高めていけばいい。

二十三歳の渡瀬秀太は、そう思った。


薄曇りの梅雨空《つゆぞら》が広がる六月。職場で事件が起こった。

「不備ですか？」

「ああ、送り先違いだ。今探してもらっている」

課長の川本が頭を掻きながら答える。

得意先に依頼されていた冊子が届いていないらしい。中身は年四回発行の通販用カタログ。かなりの部数になる。

今回、検品から納品書の封入、宛名の貼り付けまでは渡瀬が担当した。

社員たちで方々に連絡を取り、見つけた先は、お台場《だいば》の大きなイベント会場だった。

ここで配布されるちらしの一部も畠山印刷が制作し渡瀬が発送を担当していた。それらと一緒に送ってしまったらしい。発見された段ボールの宛名は、得意先ではなくイベント会場になっていた。

宛名はデータをシール状にして出力する。確かに会場へ送る宛名シールが一枚足りなくて出力し直した覚えはあったが、カタログの段ボールに間違って貼ったから足りなくなったのだ。作業の際に渡瀬が取り違えたのは間違いなかった。

「申し訳ありませんでした！」

渡瀬はオフィスで頭を下げた。普段は社長室でのんびりしている老齢の社長も出てきて、これから川本課長とともに得意先に謝りに行くという。

得意先はカタログの送付が遅れる旨を顧客にメールや封書で詫《わ》びなければならず、送付作業のスケジュールもずれた。そして畠山印刷も今日半日、社員の多くがこの件で時間を割かれた。

すべて自分のせいだ。渡瀬は泣きそうな気持ちで頭を下げ続けた。

「あ〜、次から気を付けてね」

社長ののんきな声が聞こえ、渡瀬は顔をあげた。

「あちらとは付き合いも長いし、このくらいのことでどうこうなる関係じゃないから」

「ですが……」

「いいの、いいの」

社長は笑っていた。しかしそれは、こちらを気遣ったというよりは、少し面倒くさそうな笑顔に見えた。

「さ、ちゃっちゃと行こうか、川本くん」

「はい、社長」

「昼飯は帰り道だな。おごせやの穴子重にしよう」

「いいですねえ」

昼飯の話をしながら、軽いノリで謝罪に出かけていく社長と課長を渡瀬は見送る。

社長らが出て行き、場は散会となった。昼食の時間もなかばになっていたので、皆急いで弁当を取り出したり、コンビニに買いに行ったりと動き始めた。

誰も話しかけてこないのは、渡瀬に対して怒っているからではない。もうこの件は終わり。そんなムードが漂っていた。

渡瀬は反省していた。自分のミスに落ち込んでいた。

責められ、叱られてもおかしくないし、本来は得意先に渡瀬自身が行って謝るべきだと思った。

それなのに、この空気はなんだろう。

デスクで持参した弁当をもそもそと食べた。味がしない。海苔《のり》を敷き詰めたごはんも、咲が焼いてくれた玉子焼きも砂を噛《か》んでいるようにしか感じられない。

早めに昼食を切り上げ、隣接する工場へ向かった。今回の失敗のせいで午前の仕事がおしている。少し早いが始めよう。

工場に入ってすぐ左側に休憩室がある。二十人程度が休める会議室のような部屋で、給湯器や流しもあるため、工場勤務のパート職員たちが休憩に利用している。

「ホント、使えないったら」

その声は休憩室の中から聞こえてきた。ドアには窓がついている。渡瀬の位置から中はあまり見えないし、中の人たちもここに渡瀬がいるとは気づかないだろう。渡瀬は咄嗟《とっさ》に身を固くした。その声が山塚の声だとわかったからだ。

「まあまあ、山塚さん。あの子、新人らしく頑張ってるじゃない」

「ちょっとうるさいけどねえ」

他の女性たちの声が聞こえ、話の内容から自分が噂《うわさ》されているのだとわかった。

「そう、うるさいのよ。最近の若者ってもっとおとなしい感じじゃないの？　ろくに仕事もできないのに、やる気ばっかり見せられてもうざったいだけよ」

「山塚さん、去年の新人の戸田《とだ》くんのことは『仕事ができないなら返事くらいはっきりしろ』って言ってたじゃない」

「言ってた、言ってた」

女性たちの楽しそうな笑い声。それを聞く渡瀬は冷や汗が止まらなくなっていた。

「空回りなのよ、渡瀬くんは。やります、できますって自分でできる量を超えた仕事をやりたがる。だから、今回みたいな失敗するんでしょ」

「まあ、今回のミスはちょっと勘弁って感じだったわね。社員みんなそっちにかかりきりで、仕事おしまくり」

「あの子、畠山印刷のカラーと合わないのよねえ。うちはのんびりだから、あの子のやる気は無駄よねえ」

「ガツガツ仕事したい子に振り回されてこっちまで忙しくなりたくないわ～。そんなにお給料もらってないんだし～」

「そりゃ、そうだ」

そこでまた笑い声。

渡瀬は自分の手が震えていることに気づいた。拳をにぎったが寒くもないのに、小刻みに震える。足もがくがくと震えていた。

いつも皆に頼りにされてきた。そうありたいと思ってきた。明るく元気に振舞って、努力を全面に出してきた。

それをうざったく思う人たちもいるのだ。

今回の失敗だけじゃない。もっと前から、この人たちは渡瀬秀太という新人をうっとうしく思っていたのだろう。

「おう、渡瀬。なんだ、そんなところに立ち止まって」

その大きな声は後ろから聞こえた。外に食べに出かけていた工場の男性職員たちが帰ってきたのだ。

そして、この大きな声はおそらく休憩室の中にも聞こえただろう。

案の定、中のひとりがドアの窓からちらりと顔を覗《のぞ》かせた。入口付近で立ち尽くす渡瀬の姿を確認してあからさまに「やばい」という顔をして引っ込む。

それから、休憩室は水を打ったように静まり返っていた。

午後の仕事は本当に居心地が悪かった。

女性パートたちは、陰口が渡瀬に筒抜けだったと気づき、皆気まずそうにしている。会話は最低限だ。渡瀬も最低限の言葉しかかけなかった。返事はごくごく小さい声にした。うるさいとまた陰口を叩《たた》かれたくなかった。

この会社に流れる厭世的《えんせいてき》な空気には気づいていた。だけどやる気を見せ、一緒に頑張ろうという態度を取り続けることで変わっていくと希望を持っていた。

ドラマにはよくある設定じゃないか。会社に活気をもたらし変えていくキーパーソン。そんなストーリーの主人公になればいいと思った。

実際は違った。

失敗して謝罪しても、きちんと叱ってもらえない。むしろ、態度や性格をうざったいと思われ、やる気は空回りと言われる。

誰も面と向かって相対してくれない。これが東京の冷たさかと安っぽいことを言いたいわけではないのだ。ただ、誰もが他人にそこまで興味がなく、はみ出た者は迷惑がられるというだけのこと。

ともに切磋琢磨《せっさたくま》して頑張ろうという精神は、少なくともこの会社にはなかった。

ここは渡瀬が思い描いていた場所ではない。

定時ぴったりにタイムカードを押した。社長らは十五時過ぎに帰ってきて、もうすっかり別の話をしていたのでおそらく謝罪は滞りなく終わったのだろう。そのことも渡瀬には何ひとつ知らされなかった。

いつものように帰りのバスに乗った。途中で乗り継いで自宅のある町へ向かうのだが、今日に限って目的のバスはなかなか来ない。なんとなく待つことに飽きて、家に向かって歩き出した。まだあまり土地鑑がないが、最寄り駅の方向に歩けばいいだろう。

どんよりした空からは雨粒は落ちてこない。日の長い時期なのに、雲のせいでもうすっかりあたりは暗かった。

ショートカットしようと路地に入り、どこかで道を間違えたようだった。最寄り駅に到着したのは、もう夕食時も終わる時刻。

家に向かおうとして、躊躇《ためら》ってしまう。今帰れば、暗い顔を母と妹に見せることになる。それは避けたい。もう少し気持ちが落ち着いてからにしよう。多少遅くても母も妹も気にしないはずだ。

線路の反対側を歩いてみることにした。反対側にはマンションや戸建てなどの住居が多く、コンビニや進学塾などもあった。有名なファストフードの店舗は数年前に撤退したらしく、看板の跡だけが残っていた。

足取りは重くいつまで経《た》っても『気持ちが落ち着いた』状態にはならなかった。

暗い海底のような心地だ。胸の奥にわだかまる気持ちを言葉にしてみる。

「会社、もう辞めたいな」

彼女らの言う通り、自分は畠山印刷の社風に合わないのだろう。努力を嘲笑《あざわら》われ、失敗も流される。何かすればするほど、同僚には異分子に思われる。

今まで自分がやってきたすべての振舞いが滑稽で、情けなくて悲しい。

もう駄目だ。やる気を見せると嫌われる職場で、モチベーションを保ち続けられない。それならもっとやりがいのある職場を探せばいい。

だけど、やりがいのある仕事とはなんだろう。次の会社こそ合うという保証はない。

そこでも失敗したらどうする？

そもそもそんなに簡単に転職などしていいのだろうか。入社二ヶ月半、社歴も浅い状態で転職活動などをしても、「根気がない人間」と悪印象しか持たれないのではないだろうか。

母と妹のことが頭をよぎる。

母は長年親しんだ職場を退職して、一緒に上京してくれた。故郷を離れ、新天地を選ぶことは、子どもたちより乗り越えるハードルも高かったに違いない。

そして妹の咲はまだ大学一年生。卒業まで四年近くある。今、渡瀬が無職になるのは避けたいし、不安定な職につくわけにはいかない。

嫌でもなんでもあの会社を簡単には辞められない。

「でも、もし俺ひとりだったら……」

ふと、考えてしまう。自分の責任だけを取ればいい状態だったら、渡瀬は明日にでも辞表を提出していたかもしれない。

ああ、それならどれほど楽だろう。自分を蔑んだ同僚たちに唾を吐いて、辞表を叩きつけてやれたのに。

しかし、今の自分にはそれができない。

ぐるぐる歩き回るのにも疲れ、渡瀬は駅前の花壇のへりに腰掛けた。どれほど時間が経っただろうかと見れば時計は二十二時を指していた。十八時の定時から四時間も経っていた。

「帰らなきゃ」

だけど、母と妹の顔を見て笑顔になれる自信がない。しょぼくれていれば、母も妹も心配するだろう。

逡巡《しゅんじゅん》しながら、進まない足を無理やり商店街に向けた。ここを抜けて団地に帰るのだ。

古い商店街はすでにどこの店もシャッターが下りていた。もとより、あまり活気づいた商店街ではない。日曜などに歩いてみると、通りは閑散としているしコンビニやチェーンの薬局以外はろくに開いている店もない。古くからあるクリーニング店や金物屋の佇《たたず》まいがのんびりとしていて、時代をいくつかさかのぼったような錯覚を起こさせる。

もちろん住んでいる人は多いだろう。しかし、このあたりの人たちは駅前では買い物せずに車や自転車でショッピングモールや大型スーパーに買い物に行く。渡瀬の母も団地から自転車で通える大きなスーパーで仕事をしている。

結果として、駅前の商店街はシャッターで埋まるのだ。

ふと、路地に目が留まったことに理由はなかった。この先に小さな書店があるのは知っていた。以前、咲とともに漫画雑誌を買いに来たからだ。

中年の男性が営んでいる小さな町の書店だった。そういえば、咲と一緒に読んでいるコミックスが発売されていたはず。買っていってあげたいが、書店はとっくに閉まっているだろう。

何の気なしに路地を覗き込むとふわっといい香りがした。醬油《しょうゆ》の香りだ。どこかの家の夕食の香り。それから、次に何か甘い匂いがした。

渡瀬の視界に十メートルほど先の書店が映る。書店は以前訪れたときと趣が異なっていた。

店の前で赤い提灯《ちょうちん》がぼんやり光っている。そして先ほど香ったいい匂いは、あの書店から漂ってくるではないか。

「なんだぁ……？」

思わず歩み寄ると、書店の引き戸に紺色の暖簾《のれん》がかかっていた。提灯は和提灯ではなく、アジアのどこかの国のものに見えた。引き戸のガラスには張り紙がされてある。

『お食事あり〼』

ぐうと腹が鳴ったのは、周囲に漂うこの香りのせいだ。そういえば、昼食は取ったものの味がせず、少し残してしまった。午後は水も飲んでいない。そしてもう二十二時過ぎだ。

そのとき、カラランと軽い音をたてて引き戸が開いた。暖簾をかき分けてひょっこり顔を出したのはショートボブの女性だ。見たところ咲とそう年は変わらないだろう。

大きな目をして、鼻の付け根にわずかにそばかすがある。可愛《かわい》らしい女の子だった。

「いらっしゃいませ。お食事ですか？」

声は見た目の印象より高い。

「あの……ここは本屋さんではないんですか……？」

「はい、日中は本屋さんです。だけど、夜はごはん処《どころ》なんです。営業日は店主の気まぐれ」

怪しい。

渡瀬は素直にそう思った。書店にそんな飲食スペースがあるとは思えない。

そもそも、店長が趣味で身近な人に振舞っているだけで、中に入れば知り合いでもなんでもない自分は疎外感だけを味わって帰るはめになるのだろう。今日の嫌な体験が思い出され、余計に心が曇った。

そんな渡瀬の心中など知る由もなく彼女は笑顔で続ける。

「今夜のメニューは角煮丼です。上にのせる卵は温玉か味玉か選べます。メニューは一品だけですが、ほうじ茶とちょっとしたデザートがつきますよ」

角煮……。そう聞いて思わず喉を鳴らしてしまった。落ち込んでいても、腹は減るのだ。

「お客様、動物のアレルギーはありますか？」

「いえ、ないですけど」

「よかった。中に犬と猫がいるんです。食堂の方には入れませんが、彼女たちの機嫌がよければ撫《な》でることもできますよ。あ、猫の方はたまに怒ってシャーってやりますが」

彼女は熱心に誘っているわけではない。ただ、彼女が持っているものを並べて丁寧に説明しているような雰囲気があった。

それが今の渡瀬には心地よかった。

「あ、あの、食事をいただきます。食べていきます」

もういいやと思った。空腹に負けた。もし、店長の趣味に凝り固まった変な店で多少嫌な思いをしても、腹が膨れれば家に帰ろうと思えるかもしれない。

「はい、ありがとうございます。どうぞ、中へ」

彼女は明るく歌うように言って、渡瀬を書店の中に招き入れた。

引き戸をくぐると中はやはり以前入ったことのある書店だった。雑誌の棚、文具の棚。最新の文庫や単行本。コミックスのコーナーに咲と読もうと思っていた新刊も並んでいるのがちらりと見えた。

しかし、薄暗い書店の奥には別世界が広がっていた。突き当たりの本棚が横にずれ、二畳ほどのスペースにソファとローテーブルがある。そしてその先、開け放たれたガラスの引き戸の向こうに、オレンジ色の暖かな灯りに照らされたL字型のカウンターと厨房《ちゅうぼう》が見えた。

「うわあ」

思わず感嘆の声が漏れた。古びた書店の奥にこんなスペースがあったとは。そこはこぢんまりした食堂だった。厨房も含めて六畳ほどだろうか。

「こちらのお席へどうぞ」

四席しかないカウンター席の右端に案内された。

「いらっしゃいませ」

キッチンは奥にもう一部屋続いているらしくそこから男性が出てきた。おそらくこの書店の店長である男性だ。

「角煮丼の卵は温玉と味玉が選べますが、どちらにしますか？」

「ええと、味玉でお願いします」

「ごはんは大盛無料ですが」

「大盛で……」

「かしこまりました。少々お待ちください」

　男性は静かな声で言った。定食屋の店長というより、老舗《しにせ》ＢＡＲのマスターといった雰囲気だ。寡黙そうで、仲間を集めて陽気に料理を振舞うタイプには見えない。いや、こちらが一見《いちげん》の客だから、愛想よく対応しないだけかもしれない。

　まもなく渡瀬の前に食事が運ばれてきた。盆にのっていたのは味玉付きの角煮丼。家ではゆでた青梗菜《チンゲンサイ》がのるが、この店では高菜が添えられている。油揚げの味噌汁《みそしる》とひじきの煮物の小鉢もついてきた。

「いただきます」

　湯気の出る角煮はほろりと柔らかい感触が箸から伝わってくる。口に入れれば、ほろほろほどけながらもしっかりとした肉の味わいが感じられた。じんわりと煮汁が染みたごはんを見て、これが渡瀬をこの店に招いた香りの正体だと今更ながらにわかった。

（あまじょっぱい味ってごはんがいくらでもすすむよな。それに、生姜《しょうが》の風味がすごく効いてる。味玉は味が染みてるのに、中は半熟だ）

　行儀が悪いかもしれないと思いつつ、箸を動かすスピードが上がる。咲にはよく「お兄はもう少しゆっくり食べなさい」と叱られるが、きっと咲だってこの角煮丼を食べたら我を忘れてしまうに違いない。空腹だけが美味《おい》しさのエッセンスではない。ちょっとした割烹《かっぽう》で出てきそうなクオリティの高い角煮だ。

見た目以上にパワフル且《か》つ上品な味わいに、気づけばあっと言う間に完食していた。

「うま……めちゃくちゃ、美味しかったです……」

小鉢と味噌汁まで片付け、手を合わせた。

「いい食べっぷりを見せていただき、料理人冥利《みょうり》に尽きます」

店主が遠慮がちに微笑《ほほえ》んだ。

本当にとても美味しかった。書店の奥にこんな食堂があったことも驚きだが、これほど美味しい料理が出てくるとは思いもよらなかった。入る前に、店主の趣味程度の料理などと考えていた自分が恥ずかしい。

（母さんと咲にも食べさせてやりたい）

ここで渡瀬はようやく母と妹のことに思い至り、どきりとした。少なくとも角煮丼に向かい合っていたこの数瞬、渡瀬は家族のことも今日の嫌なことも忘れていた。

母と妹は帰宅しない自分を心配しているだろうか。それなのに、ひとりで美味しいものを食べて……。渡瀬は自身の薄情さにかすかな罪悪感を覚えた。

カウンターの向こうでは店主が食器を洗っていた。ほかに客はいない。女性店員は奥のキッチンに入ったきりだ。

「少し疲れてしまって……」

沈黙が気まずかったわけではないが、ふとそう口にしていた。店主が渡瀬をちらりと見た。

「お仕事ですか？」

「ええ、はい。……自分では一生懸命やっていたはずなんですが、なんか、うまくいかないなって。それを家族に気取られたくないなって思ったら、帰りづらくて……それでうろうろしていました」

店主が黙った。元から口数の多いタイプではなさそうだ。そんな人にいきなりこんな愚痴を言うべきではなかったと渡瀬が思ったときだ。

店主がようやく口を開いた。

「不思議と、ここにやってくる初めてのお客様は、そういう方が多いです。立ち止まりたくなったり、ひどくくたびれていたり。そういう方に見つけていただけるのはありがたいことだと思っています」

渡瀬は顔をあげた。まさに今の自分だ。くたびれて、立ち止まりたくなっている。いや、逃げ出したいとさえ思っている。

「何も考えるなというのは無理だと思います。ですが、ここで食事をする一瞬、お茶を飲む一瞬だけでも無心になれるといいなと思いながら、私は食事をお出ししています」

食事中、渡瀬は無心だった。美味しい、食べたい。そんな身体《からだ》の欲求だけがあった。

ハッと気づくと足元にふわふわした何かがいる。

「こら、フクコ。勝手に入ってきてはいけないよ」

店主の声に下を向くと、茶色の犬が渡瀬の脛《すね》に身体をこすりつけていた。雑種だろうか。顔は柴犬《しばいぬ》に似ているが、毛が長く、もさっとしている。それが中型犬サイズのこの犬をもう一回り大きく見せていた。

「動物のアレルギーはないそうだよ。お客様、フクコ撫で放題サービスもどうぞ」

「成《なる》、こっちにはフクコと大福《だいふく》を入れない決まりだろう」

案内してくれた女性店員は成というらしい。「はあい」と返事をしてから、渡瀬を呼ぶ。

「お客様、お茶とデザートをあちらにお持ちしますので、フクコとお待ちください」

「フクコというのは、この犬の名前ですか？」

「はい。福を呼ぶように。女の子なのでフクコです。十三歳なんですよ」

そう言いながら、成は書店との境目にあるひとり掛けのソファに渡瀬を案内した。待ってましたとばかりにフクコが再び渡瀬の足元にやってくる。人懐っこい犬だ。

書店の棚の傍《そば》にはフクコの居場所だろうバスタオルがあった。先ほどまではここで待機していたようだ。

「はい、どうぞ」

ソファ前の小さなテーブルに、成が盆を持ってきた。淹《い》れたてのほうじ茶と二枚のクッキー。フクコが顔をあげて、ふんふんと鼻を動かす。

クッキーは鳥の形をしているが、とても大きく、羽や嘴《くちばし》は生地の色が違う。市販の型ではなく、成形して作ったのだろうか。

「今日のデザートは鳥捕りの鳥クッキーです」

成の紹介に、渡瀬は首をかしげた。

「とりとりのとり？」

早口言葉みたいなことを言われた。すると成がエプロンのポケットから文庫本を取り出した。タイトルは『銀河鉄道の夜』。

「宮沢賢治《みやざわけんじ》の『銀河鉄道の夜』をご存じですか？　そこに銀河で鳥を捕る仕事の人が出て来るんです」

本を手渡され、渡瀬はしげしげと眺めた。中学生くらいの頃に読んだ記憶があるが、もう内容はおぼろげだ。そんなエピソードがあっただろうかと数ページめくってみるが、ぱっとそのページにたどりつけるほど覚えていなかった。

「鳥捕りって職業の人たちが、天の川で鷺《さぎ》や雁《かり》を捕って、押し花みたいにしちゃうんですけど、その鳥がお菓子みたいに甘いんですって。それってどんな味だろうと思って、クッキーで作ってみました」

手の平より大きな鳥形クッキーは少々面白い表情をしている。どうやら、この店員が鷺や雁の顔を真似《まね》て作ったようなのだが、どうにも愛嬌《あいきょう》のある仕上がりだ。

ぱきっと割って食べると、サブレより固く、昔、母と妹が作ってくれたクッキーと食感が似ている。ココア味の部分とプレーンのバター風味の部分をよく咀嚼《そしゃく》して飲み込み、彼女に向かって言った。

「美味しいです。あんまり『銀河鉄道の夜』の内容を覚えていないんですけど、読み返してみようかな」

「ぜひ、そうしてください。私、何百回も読んでいます。あ、よければその本、お貸ししますよ。私の私物なので」

彼女の無邪気な笑顔とクッキーの甘さになんだか、胸が痛くなってきた。

「宮沢賢治なら、俺は『雨ニモマケズ』の詩が好きです」

呟いた渡瀬の声はひとり言のように響いた。

「誰に賞賛されるわけでもなく、ひたすら健気《けなげ》に生きる。……俺もそんな男になりたかったな……」

頼りにされ、必要とされたかった。息子として、兄として、友人として。みんなの力になれる自分が好きだった。

だから、職場で必要とされていないと感じた瞬間、自分が価値のない存在に思えてしまった。

（俺の価値は俺が決めるはずなのに……）

自分の努力を認めてあげられるのは自分だけ。それで満足すべきだったのに、いつしか努力は褒められる手段になっていた。

もしかすると、子どもの頃から自分は褒められたいだけの人間だったのかもしれない。

うつむいた渡瀬の横に店主が急須を持ってやってきた。ほうじ茶を注《つ》ぎ足してくれるようだ。

「『サウイフモノニワタシハナリタイ』と最後の方にありましたね。宮沢賢治もあんな実直で朴訥《ぼくとつ》な男になりたかったのでしょうか」

渡瀬は目を伏せた。そういうものになりたい。なれるだろうか。

「そうですね」

答えた声はため息のようにかすかだった。


時刻は二十四時近くになっていた。渡瀬はひとり掛けのソファに腰を下ろしたまま、うつむいていた。普段はひとりで食事に行っても、食べたらすぐに店を出る方だ。しかし今日は根が生えてしまったかのように動けない。空腹が解消すれば足が家に向くかと思ったのに。

母と妹の顔がちらついた。明日も渡瀬は仕事に行く。嫌な目にあった職場だが、行かないと家族を養っていけない。

背広のポケットの中でスマホが振動した。取り出してみると咲からだ。

【お兄、大丈夫？　帰れてる？】

さすがに残業でここまで遅くなったことはない。心配していて当然だ。しかし、そのメッセージにずしりとした重みを感じた。妹は帰宅の遅い家族を心配しているだけだ。それがわかっているのに、家族なら当たり前の優しい想《おも》いが、今は重たかった。

「あ、ごめんなさい。このお店、何時までですか？」

渡瀬はハッと顔をあげた。自分が居座っているから店主は店を閉められないと思ったのだ。久しぶりに聞こえた渡瀬の声に足元で眠っていたフクコも顔をあげた。

「二十四時か二十五時くらいで閉店です。日によって違います」

店主は気にする様子もなくさらりと答える。

やはりそろそろ店を出なければと、財布を取り出して立ち上がった渡瀬の目に、壁に貼られた張り紙が映った。

「【素泊まりできます。三千円（税込み）】というのは……」

張り紙をそのまま読み上げた渡瀬に、洗い物をしていた成が答えた。

「はい。素泊まりのお宿も提供してるんです」

「ここで、ですか？」

渡瀬が聞き返すと、店主が代わりに答えた。

「二階に先代が下宿生を住まわせていた頃の名残《なごり》があります。私たちの住まいも二階ですが繋《つな》がっていませんので、気兼ねなくご利用いただけますよ」

「お風呂もありますよ。ご希望なら今から急いで入れます」

「成、せっかちなことを言わない」

娘をたしなめる店主に、渡瀬は言った。

「あの、利用したいです。なんとなく、今日は家族と顔を合わせづらくて」

「承知しました。ご準備いたします。ただ、待っているご家族へはご連絡されるよう、推奨しています」

渡瀬は素直に頷《うなず》き、スマホを取り出すと咲にメッセージを送った。

【今日は終バスに間に合わないので、先輩の家に泊まります。朝一で帰ります】

嘘《うそ》になってしまうが、この状況と今の心情を説明できる自信がなかった。


カウンター席左手の奥には戸があり、その先は玄関になっていた。左手には外へ出るドア、正面には細くて急な階段がある。

食堂スペースは改装されていて小綺麗《こぎれい》だったが、オレンジの電灯に照らされた階段は古い家屋を思わせた。二階に上がると廊下があり右手に六畳間に続くふすまがあった。

「奥に洗面所とお風呂があります。タオルなど備え付けのものはご自由にお使いくださいね。あら」

ふすまを開けると敷かれた布団の真ん中に丸々太った白猫が鎮座していた。

「大福、ここにいたの？　さっきお布団を敷きに来たときはいなかったのに」

大福と呼ばれた猫は「にゃあ」と低い声で鳴いた。しゃがれ声だ。香箱座りの状態から手をすっと出したのは警戒の行動だろうか。

「猫も平気でしたよね。気が済んだら部屋から出て行くと思います。あ、何かあったら、そこの電話番号にお電話ください」

説明をする成に、渡瀬はおそるおそる尋ねる。

「あの、この猫、あまり面白くないんじゃないですかね。変な人間がテリトリーに入ってきて……。そんな顔をしているような……」

成はきょとんとしてから、あははと明るく笑った。

「大丈夫です。大福は生まれつき陰険な顔立ちで、声も渋いですけど、人間嫌いじゃありませんから」

彼女がそう言うなら……。渡瀬はそろりと和室に入り、布団横の丸いちゃぶ台に鞄《かばん》を置いた。大福は渡瀬から目を離さないまま、布団の上を少し移動して座り直した。

「料金は頂戴しましたので、明日はお好きな時間に出発してくださいね。お風呂も沸いていますから。それではごゆっくり」

そう言って彼女は部屋を出て行った。とんとんと階段を降りる音。渡瀬は部屋に猫の大福とふたりきりになった。

六畳間の和室は清潔で明るい空間だった。廊下やふすまの雰囲気から、もう少し古びた部屋に通されるものだと思っていたら、ちょっとした旅館の部屋くらいにすっきりとまとまっている。朝食なし、素泊まりの料金は三千円ぽっきりだった。定食はデザートつきで八百五十円。なんとも良心的な価格設定だ。

大福がこちらを見ているので監視されているような気まずさから、渡瀬は早々に風呂に向かった。風呂は古いバランス釜タイプのもので浴槽も小さい。しかし、綺麗に清掃されているせいか、なつかしく落ち着いた。

「ふう」

狭い浴槽に身体を折りたたんで入ると、心地よいため息が漏れた。

バランス釜も蛇口の形状も、昭和風のブルーのタイルも、子どもの頃住んでいた家を思い出させる。父が借金を重ねて出て行くまで、自分たちは小さな借家の一軒屋に住んでいた。その家の風呂もこんな様子だったと思い出す。普段は遠くに眠っている記憶は、こんな瞬間にあふれだす。心細いのか、安心しているのか、渡瀬にはわからない。

備え付けの浴衣《ゆかた》に着替えて部屋に戻ると、大福は布団の上からどいていた。ちゃぶ台の下で丸くなっているところを見ると、布団に入ってもいいらしい。電気を常夜灯にして渡瀬は布団にそろりと足を入れる。横たわるといっそう非日常感が襲ってきた。自宅の近所で旅行みたいな夜を過ごしている。不思議だ。こんな夜がやってくるなんて、今朝バスに乗った時には想像もしなかった。

すると、腹にどすんと衝撃が加わった。

「うええ」

変な声をあげて腹部を見ると、ちゃぶ台の下で丸くなっていたはずの大福が腹に乗っていた。どうやら大福はこの瞬間を待っていたようだ。

「確かに人嫌いではないんだな、きみ」

布団から手を出して大福の背を撫でる。さらさらした毛並みに触れると、なんとも安心した。他の生き物の体温を久しぶりに感じる。

「重たいなあ」

大福は渡瀬の腹を今夜のクッションと決めたらしい。ぐんと一度伸びをしてから、丸まり直して顔を布団に押し付けた。

大福をどかさずに渡瀬は目を閉じ息をつく。

明日も仕事に行かなければならない。行きたくない。辞めてしまいたい。

承認欲求から努力家で頼れる男を演じてきた。けれど会社では通用しなかったし、家族にはもう辞めたいという弱音なんか吐けない。

ひとりなら身軽だった。投げ出すことも逃げ出すこともできた。母と妹の存在をどこかで重荷に感じていないか。……そこまで考えて、渡瀬は目を開けた。

「違うよな」

仕事への責任も家族への責任も、必要な重みだ。自分をこの場所に繋ぎとめる杭《くい》のようなものだ。

「だって仕事、嫌いじゃなかった」

空回っていたかもしれない。面倒くさい新人と思われていたかもしれない。

それでも毎日多くのことを学び、覚え、少しずつ自分のものにしていく時間は無駄ではなかった。何より、渡瀬は努力する自分が好きだった。認められたくて、必要とされたくて努力してきたけれど、それ以上に自分を好きでいるため一生懸命生きてきたのだ。

それは誰に否定されるべきことでもない。

「母さんと咲がいたから、そういう自分になれたんだ」

母子家庭の長男として、張り切って家族を守ってきた。

母と妹が喜べば、渡瀬も嬉《うれ》しかった。ただそれだけのこと。褒められたかったかもしれないけれど、家族が寂しい思いをせず、笑っていてくれることにはその何倍もの価値があった。それは純粋な愛情だ。

自分が背負っているものは多く、負担に思えるときもある。一方でそれが力を与えてくれることもある。

もう少し頑張ってみよう。すべてを駄目だと決めつけるには早い。

「雨ニモマケズ」

誰に認められなくても愚直に真摯に生きる。

「そういうものになりたいんだ、俺」

翌朝、起きると大福の姿はなかった。ふすまがほんの少し開いていたので、そこから出て行ったのかもしれない。障子から陽光が差し込み、六畳間は静謐《せいひつ》な朝を迎えている。渡瀬はちゃぶ台に「ありがとうございました」と書いたメモを残し、部屋を出た。

階段を降り、小さな玄関に揃《そろ》えられた自分の靴に足を入れた。

玄関の戸から建物を出ると、書店の入口とは真横のさらに狭い路地に出る。

路地から商店街の通りへ進んだ。始発が動き出して間もない時刻。空はすでに明るく、清々《すがすが》しい朝が始まっていた。今日は梅雨の合間の貴重な晴天になりそうだ。渡瀬はうんと伸びをした。駅に向かうまばらな人たちとは逆行し、母と妹のいる団地へ向かう。これから三人で朝食を取って、会社へ行こう。

職場は昨日と何も変わらなかった。朝礼の後、渡瀬は背広を脱ぎ、シャツの上に作業着を着ると工場へ向かう。今日は印刷の工程を学ぶぞと、川本課長から言われた。しばらくは工場の男性職員たちについて仕事を覚えるそうだ。

午前中、作業と作業の合間に何人かの喫煙者はタバコ休憩に行ってしまった。渡瀬はタバコを吸わないため、他の職員と一緒に自動販売機に向かった。喉が渇いたので、炭酸飲料を買う。

「子どもみたいなもの飲むね、あんた」

そう言って話しかけてきたのは山塚だ。今日は他の女性パートたちと検品のラインにいたので、挨拶しかしていない。

「あ、はい。好きなので」

「はあ、若いわね。そんなの毎日がぶ飲みしていたら、身体に悪いわよ」

呆《あき》れたように眉をしかめられ、山塚がぶんと腕を差し出してきた。そこにはコンビニで買ったと思《おぼ》しきシュークリーム。

「なに、山塚さん、渡瀬にプレゼント？」

「炭酸飲料は駄目で、シュークリームはいいのかよ」

他の男性社員たちがけらけらと笑い、山塚はいっそう顔をけわしくして、渡瀬の手にシュークリームを押し付けた。

「糖質が低めなのよ、これ。せっかくの若い戦力をあんたたちみたいに不健康にしたくないから、気遣ってやってんの」

山塚さんは男性社員たちに怒鳴り、まだ不機嫌な顔のまま渡瀬に言った。ごくごく小さい声で。

「昨日は悪かったわね。嫌なこと言って」

「あ、いえ。それは……」

おろおろする渡瀬に、山塚は睨《にら》むように顔を向け言った。

「もう慣れちゃったから、いつも通りでかい声で返事しなさいよ。辛気臭い顔してるとこっちの調子が狂うわよ」

どうやら彼女なりの謝罪のようだった。渡瀬はシュークリームを受け取り、すうっと息を吸い込んだ。

「ありがとうございます！　俺、シュークリーム好きなんで嬉しいです！」

その大きな声に山塚はまた眉をしかめたけれど、こちらの気持ちは伝わったのではないかと渡瀬は思った。

その日の帰り道、渡瀬はバスを降りて商店街を歩いた。路地を覗くと、書店は営業中だった。

『ふくふく書房』

壁面にはそう記されてある。昨日は気づかなかったけれど、この書店はそういう名前らしい。

提灯も暖簾もない今は、どこにでもある小さな町の書店だった。表の雑誌コーナーに学生客、店内では親子連れが絵本を選んでいた。

食堂だった場所の入口にある書架。あの書架の奥にこぢんまりした食堂があると知っている人はそういないのではなかろうか。

「いらっしゃいませ」

昨日買いそびれたコミックスを手にレジに向かうと成が笑顔で迎えてくれた。

「昨晩はありがとうございました」

「いえいえ、大福は邪魔しませんでしたか？」

「お腹《なか》に乗られたくらいです」

成があははと明るく笑った。笑顔の可愛い店員だ。

「またいつでもご利用くださいね。だいたい二十二時からの気まぐれ営業です。営業日はランタンと暖簾が出ていますから目印にしてください」

「今度、母と妹と三人で来たいんですがいいですか？」

「もちろんです。事前にわかったらお電話ください。お席、空けておきますよ」

町の片隅、夜の小さな休憩場所。

そのあたたかな存在を母と妹に話したい。

渡瀬はそう思った。

＊＊＊＊＊

「成、大福に餌はあげたのかい」

夏郎《なつろう》が尋ねる。二十時閉店の書店のシャッターを閉めて店内に戻ってきたところだ。

「あげたよ。さっき、フクコと一緒に二階で」

ひとり娘の成はフクコと夜の散歩に行くところだ。夜の営業をしない日は夕食前にフクコと商店街を歩いて一回りするのが日課だ。

「じゃあ、大福はもらっていないと嘘をついているわけか」

夏郎は足元でなあんなあんと低く鳴く大福を持ち上げた。大福にしては精一杯甘えた鳴き声なのだが、相変わらず渋いしゃがれ声だった。

「さっき、昨日のお客さんが見えたよ。今度、お母さんと妹さんと来るって」

「そうか。それは楽しみだね」

「昨日より、ちょっと元気そうだった」

気まぐれで始めた夜だけのごはん処ももう九年目だ。常連もいれば、一度だけ何かのはずみでやってくる客もいる。

普段は存在すら忘れられ、思い出したとき、ふっとそこにある。

そういう場所でいいと夏郎は思っている。

「あ、お父さん、お腹が減ってたら、鳥捕りの鳥の新作がキッチンにあるから味見していいよ」

「またクッキーかい?」

「今日はチョコレート」

手先が器用で、妙に凝り性の成がこだわって作るお菓子は、大きすぎたり甘すぎたり様々だ。それでも夏郎は成が作ってくれたものはなんでも食べる。

「食後のデザートに一緒に食べようか。散歩、行っておいで」

「はあい。行ってきます」

待ちきれずに尻尾をゆらゆらさせているフクコとともに、成は控室を通って自宅玄関から散歩に出かけていった。

素人鰻《しろうとうなぎ》の鰻《うま》巻き

都営住宅の一階に住み始めてかれこれ五年になる。以前の住居から引っ越したときにだいぶ荷物を捨てたつもりだったのに、たった五年でずいぶん増えたものだ。

「おじいちゃんとおばあちゃんのふたり暮らしだったのにねえ」

小里《こざと》せつはぼやき、和室を占領する荷物を眺めた。

せつは七十五歳になる。年の割には飲んでいる薬も少ないし、毎年冬の初めに腰の神経痛と五十肩の痛みが出るくらい。しゃきしゃき動ける健康な七十代という自負があった。夫の工場を手伝っていた頃は、小里ゴムの奥さんは働き者だと周りの人によく褒められたものだ。

そんな働き者のせつが、自宅の和室を片付けあぐねている。

段ボールや衣装ケースに入っているのは夫・将史《まさし》の遺品だ。

将史はふた月前に亡くなってしまった。心筋梗塞で、突然のことだった。

「参ったわぁ」

もう着るあてのない服や、使う予定のないゴルフ用品。趣味の本。以前夫婦で営んでいたゴムパッキン製造工場の部品の在庫。そういったものがうずたかく積まれている。

ここを片付けて、この部屋に仏壇を置きたいのだ。

夫がいた頃はこれらの荷物は押し入れに詰め込まれていた。せつの衣類や巣立った娘たちの思い出の品とともに。

これらを押し入れから引っ張り出したのはせつで、そこまではやる気があったのだ。四十九日も終わったし、これからひとりでこの2DKの都営住宅で暮らしていくためにも不用品は処分しなければならない。

「何も全部捨てることはないんだし、思い切ってやっちゃいましょう」

腕まくりをしてせつはどっかと畳に座る。

しかし、片付けているつもりがなかなか作業は進まない。

娘たちの思い出はすでに厳選したアルバムや記念品のみ。せつの服は古いものをいくらか古布用のビニールに詰めた。しかし、将史のものがなかなか片付かない。

「これ、久也《ひさや》さんにどうかしら」

ほとんど着なかったダウンを手に、下の娘・麻里《まり》の夫を思い浮かべる。確か、将史と体型が近かった。

「いやいや、趣味が合わないわよね」

四十代後半の娘婿にはどう見ても渋すぎるデザインだ。ならばと、五十代の長女・有紀《ゆき》の夫を思い浮かべるが、あちらは横幅がある体型なのでダウンの前が閉まらないだろう。

「取っておくにはかさばるしねえ」

このダウンは三月のセールで買った。シーズンの終わりで二万円も安くなっていた。からし色のダウンを試着してみて「派手じゃないか?」と将史が言ったのが昨日のことのようだ。似合う似合うと褒めたら、「おまえが言うなら」とレジに持っていったのだった。何度か着たけれど、すぐに春風が吹き出してまた来年としまい込んだものだ。

「いいものだから長く着られると思ったのにねえ」

着る本人がいなくなってしまってはどうしようもない。せつはダウンを軽くたたんで他の衣類の上に積むと、ころんと畳に転がった。荷物だらけの畳は埃《ほこり》っぽいけれど構わなかった。

ともかく万事がこの調子で進まないのだ。将史のものをひとつ手にとっては、どうしたらいいかわからなくなり、畳に置く。その繰り返し。

「お父さん、あんまりに急じゃありませんか。私、困ってますよ」

ぼやく口調で言うけれど、答える声はない。将史がいれば、そりゃ悪いことをしたかもしれないが、俺も好き好んでこうなったわけじゃないからなあと眉間に皺《しわ》を寄せるに違いない。

あの日は夏のような五月晴《さつきば》れだった。朝から腹が痛いと言っていた将史が、朝食後に倒れたのだ。救急車で搬送されたが、意識が戻ることはなく病院で死亡が確認された。

心筋梗塞だった。本人が痛がっていたのは腹だったが、実際痛みが起こったのは心臓だったらしい。

痛みが強くなる前に、「おまえ、俺のこれが治ったら今日はホームセンターに行くぞ」と言ったのが、せつが覚えている将史の最後の言葉になった。本当に日常だったのだ。その延長線上に、夫の死があるとは思いもよらなかった。

「お父さん、ダウンどうしましょうか。あとお気に入りのポロシャツとスニーカーも、どうしましょうか」

呟《つぶや》いてせつは目を閉じた。今日はもう片付けが進みそうにない。

せつと将史が結婚したのはせつが二十歳《はたち》、将史が二十三歳の年だった。

早くに母を亡くし、生活能力のない父の元を離れ養護施設に入れられたせつは、中学を出てすぐ働き始めた。雇ってくれたのは町のゴム部品工場・小里ゴム。そこのひとり息子が将史だった。将史は高校を出たばかりで、まだ親の工場を継ぐ気などさらさらなかったようだ。最初の一年、せつは将史とのちの義父が喧嘩《けんか》している姿ばかりを目にしていた。

しかし、その父親が腰を痛めたのをきっかけに将史は工場の仕事に打ち込むようになった。唯一の若い職員だったせつと、元ドラ息子の将史の距離は自然と近づいていった。せつが十八になる頃には、将史の両親が『せっちゃん、うちの将史の嫁に来てくれないか?』とたびたび話を持ち掛けてくるようになった。しかし、せつは親のいない自分には不相応な相手だと思っていた。なにより、将史がこちらを好いているか確証がない。優しくしてもらってはいるが、それが恋愛の好意かどうか、せつにはわからなかった。

『親父《おやじ》たちがうるさくてすまないね。俺から言わないといけないのに』

ある日、仕事終わりにそんなふうに声をかけられた。なんのことかと首をかしげるせつに、将史は言った。

『せっちゃん、嫌なら嫌って言っていい。あんたをクビにしたりしない』

『え？』

『俺の嫁さんになる気はあるかい？』

せつは驚き、それから嬉《うれ》し涙をこらえて頷《うなず》いた。こんな幸せがあっていいのだろうかと思った。ずっと家族が欲しかった。自分を迎え入れてくれた職場が、自分の家になるなんて。優しい兄のような人が、自分を伴侶《はんりょ》として求めてくれるなんて。

めでたく結婚してから、ふたりは懸命に働いた。その甲斐《かい》あって工場は少しだけ大きくなり、従業員も増えた。結婚五年目と七年目に娘を授かった。跡継ぎの男の子もと思ったが、そううまくはいかないものらしく、その後赤ん坊は授からなかった。

『いいさ。俺の代で終わりにしたって。有紀にも麻里にも跡を継げなんて言いたくねえよ』

将史は言い、せつもそれでいいと思った。当時の風潮として男児を産めなかった責任を感じたが、義両親はけっしてせつを責めなかったし、何より優しい夫がそれでいいと言ってくれていることがありがたかった。つくづく幸せなのだと噛《か》み締めた。

有紀が大学生、麻里が高校生のときに、工場の経営が大きく傾いた。不況の煽《あお》りは末端ほど厳しい。それでもどうにか、奨学金も借りてふたりの娘を大学まで出せた。有紀は大学時代の先輩と結ばれ、彼の故郷である宮城県に嫁いでいった。麻里は偏差値の高い有名私立大学に進み、就職先は大手飲料メーカー。今でもそこに勤めている。

せつと将史はあくせく働き続けた。傾きかけた工場は再び元気を取り戻す。さほど裕福ではないけれど、夫婦ふたりで暮らしていくには充分だ。何よりせつは働くのが好きだった。愛する夫と、わき目もふらず忙しくしているのが楽しかった。

将史と働くのがせつの趣味であり、生き甲斐だったのだ。

将史が工場をたたむ決断をしたのは、大きな感染症が世界規模で流行した年だった。取引先の中小企業がどんどん倒産していく。将史の判断は早かった。様子を見ていてはこちらも負債を抱えてしまう。楽観視せずに、すぐに廃業を決めた。工場は土地ごと売りにだし、自宅も売却した。そこから、長く苦楽をともにしてくれた従業員に退職金を払い、将史とせつは同じ町の都営住宅に移り住んだ。車も思い切って手放した。年齢的にもちょうどいいタイミングだったし、都営住宅は駅と小さなスーパーが近くて便利だった。一階の角部屋で猫の額のように小さいが庭もある。そこに自宅で育てていた鉢植えを持ちこんだ。

『終《つい》の棲家《すみか》には案外ぴったりかもねえ』

『そうだなあ。贅沢《ぜいたく》しなければ、俺とおまえでのんびり暮らせるだろ』

将史は明るい笑顔だったが、心中どれほどの悔しさと悲しさを抱えているか、せつはわかっていた。かつてのドラ息子は本当にいい社長だったのだ。仕事が大好きで、従業員が大好きで。どんな苦境も遮二無二《しゃにむに》乗り越えてきたのだ。

こんな幕引き、誰も想像できなかったに違いない。

しかし、愛する夫が前を向こうとしている。せつにできるのは寄り添うことのみ。ここからは第二の人生、ふたりで楽しい時間を積み重ねていけばいい。

感染症が収まるまでは、娘たちにネット環境を整備してもらい、自宅でオンラインの体操教室で運動するのを日課にした。買い物も交代で行き、料理も交代で作った。夫の初めての料理は塩サバ焼きで、少し焦げたけれど上手に焼けていた。

今までは半年に一回程度だった外食を、月に一度の恒例にした。寄席《よせ》や観劇に出かけたこともある。大勢で集まれるようになったときは、工場の元従業員たちを誘ってホテルのフレンチを予約して慰労会をした。『社長、またみんなで工場をやろうよ』と言われたとき、将史は困った顔で『もう隠居させてくれよ』と笑っていた。かつての従業員たちには、もう新しい職場があった。

『お父さんとふたりの今が一番幸せ』

せつはたびたびそう言った。嘘《うそ》ではない。仕事をしていた時代はふたりで働くのが一番だった。でも今はふたりでただ暮らしを楽しむのが幸せだった。

『おいおい、なんも出ねえぞ』

将史はいつもそう言って照れ隠しで鼻の先を掻《か》くのだった。

いつだって、今が一番よかった。あの五月晴れの日までは。

「寝ちゃってた」

畳に寝そべっていたせつはのろのろと身体《からだ》を起こした。夏至を過ぎたばかりとはいえ部屋はすっかり暗く、時計を見れば二十時を指していた。街灯の光が窓から差し込んでいる。

「さあて、どうしたもんか」

せつは立ち上がり、ごわごわになってしまった腰を伸ばす。若者だって、畳に直《じか》で眠れば身体が痛くなるに違いない。こちとら七十五歳なので、痛いというか動きが極端に悪くなっている。ブリキのロボットみたいにぎくしゃくだ。

つけっぱなしのエアコンのせいもあって、身体が冷えきっていた。慎重に歩きながら居間に移動し、電気をつける。

今日も片付けが終わらなかったので、こっちの居間に布団を敷いて寝た方がいいだろう。一昨日《おととい》も昨日もそうした。しかし、このまま同じ日を繰り返せば、和室はいつまでも片付かず、この居間だけがせつの居場所になるだろう。

働き者の自分がどうしたことだろう。とにかく気力が足りない。

「お夕飯、どうしようかしら」

そろそろ考えなければならない。夫とふたりのときは毎食作っていた。もちろん、簡単にお茶漬けですます、なんて日だってあったが、ごはんは毎日炊いていた。ひとりになった途端、お米を炊くのも面倒になってしまった。数日分炊いて冷凍しておいたものをレンジで解凍して食べるが、おかずを用意する気力も汁物を考える余裕もない。それすら忘れてしまうときもある。

「お腹《なか》、空《す》かないわね」

ソファに腰掛けると、流れでテレビをつけた。この流れは夫との生活で染みついたものだ。特に見たいものがなくてもテレビをつけてしまう。

「ああ、忘れてた、忘れてた」

まだぎくしゃくする身体で再び立ち上がり、テレビは消さずにサンダルをひっかけて玄関から外へ出た。団地のエントランスにある集合ポストに郵便が来ていれば回収しなければならない。夫の訃報を聞いて手紙をくれる知人もいるのだ。

ポストを開けるとピザ店のちらしと市からの封書が一通。何かしらと家に戻り、ハサミを入れてみた。

「あらま」

それは市民農園の利用許可の知らせだった。市が貸し出しをしている耕作地で家庭菜園ができるのだ。昨年から申し込んでいたのだが、人気で空き待ちの状態だった。一度借りれば約三年間利用できる。

「お父さん、残念。今頃回ってきちゃいましたよ」

せつはチェストに飾られた将史の写真に話しかけ、通知を読みながらソファに腰掛けた。テレビからはクイズ番組の音声が聞こえてくる。

申し込んだときは、待っていればいずれ野菜作りができるのだと楽しみにしていたけれど、一緒にやりたい相棒は、もうここにはいない。

すんとした寂しさがせつを包んだ。

いけない。〝これ〟に飲まれると足元がぬかるんで動けなくなる。

夫を見送ることができた。むしろ、置いていかれたのが自分の方でよかった。夫がひとり残されたら、どれほど可哀想《かわいそう》だっただろう。それに離れて暮らす娘たちも気が気じゃなかったに違いない。

自分なら乗り越えられる。あの人は少し先に行ってしまっただけ。きっと近い将来、長くてもあと十年か二十年でまた会えるから。

「泣かないわよ、私は」

せつは笑ってみたが、我ながら気の抜けた笑顔になってしまったと思った。

とにかく、無理にでも笑わないといけない。気持ちが落ち込めば身体が動かなくなるし、娘たちのお荷物になってしまう。

『お母さん、こっちに来るのはどう？』

先週、将史の四十九日が終わった夜、長女の有紀が言った。宮城県に引っ越してこないかという誘いだった。

『いいところよ。うちの旅館の近くにアパートを借りてさ。私もうちの子らもしょっちゅう顔を見に行くわ』

有紀は夫の実家の旅館で若女将《わかおかみ》をしている。子どもたちは高校生と大学生で、仙台《せんだい》の学校に通っている。

『うちのお姑《しゅうとめ》さんも話し相手ができて喜ぶと思うのよ。毎日うちの温泉に入りにきてもらって構わないしね』

　有紀の嫁ぎ先がいいところなのは知っていた。土地の人は優しいし、食も美味《おい》しいものばかり。有紀の義両親も夫も優しい人たちだ。

『でも、申し訳ないよ……』

　一方で、嫁ぎ先の旅館がかつての震災で半壊したこともせつは知っている。彼らは避難生活も経験している。その後、家族総出で旅館を再建し、今も頑張って地元を盛り立てているのだ。そこに転がり込んでは、経済的にも精神的にも迷惑にしかならない気がした。

『お姉ちゃんの旅館は泉質もいいし最高だけど、お母さんに今から知らない土地に引っ越せというのは酷よ』

　そう言ったのは次女の麻里だ。

『ねえ、お母さん。久也とも話したんだけど、私たち一家と同居しない？』

『麻里のところのタワマンじゃ、手狭でしょうよ』

『だから、あそこを売ってこのあたりに戸建てを買うの。久也はリモートワーク可能だから、場所にはこだわらないわ。私もここから出勤できるし』

　有紀の言葉に麻里が得意げに返す。

『お母さんは馴染《なじ》みのある土地から離れずに済む。子どもたちもおばあちゃんと一緒がいいって言ってる。いい案だと思うんだけどな』

麻里は大手企業で働きながら、会社経営者の久也と結婚した。所謂《いわゆる》パワーカップルという高収入家庭で、ベイエリアのタワーマンションに住んでいる。三十代後半で産んだ年子の子どもたちは小学生だ。

せつはゆるゆると首を左右に振る。

『優里《ゆうり》くんは年明け中学受験じゃない。紫苑《しおん》ちゃんもその次の年には中学受験。私のために環境なんか変えちゃいけないよ』

『私立に行くから、地元が変わっても大丈夫なのよ』

『学習環境が変わることを心配してるんだよ。それに久也さんだって、姑と同居じゃ気を遣うって』

麻里の長男の志望校をせつは知っていた。東京郊外のここからは乗り換えも多く、通学に時間がかかる。下の子は受験直前に塾を変えなければならなくなるだろう。

『有紀も麻里も、私のために骨を折らないでちょうだい。私はここにいます。お父さんとの思い出もあるし』

『ここはたった五年じゃない』

『五年でも楽しい思い出なのよ』

そう言うと娘ふたりは黙った。母の説得は無理だと思ったのだろう。少なくとも今は。

ふたりは考えておいてほしいと言って帰宅していった。


何時間が経《た》ったのだろう。せつは手に市役所からの封書を持ったまま、ソファでまたうとうとしていた。

目が覚めるとテレビでは夜のニュースがやっていた。二十二時近くだ。もうこんな時間。

なぜこれほど眠いのだろう。寝ても寝ても身体が重くて、すべての力が床から大地に吸い込まれていくような感覚だ。じわじわと弱っていくと言えばいいだろうか。

「こうやって何もしないでいるうちに力尽きて死ねたらいいのに」

不意に自分の口からこぼれた言葉に、ゾッとした。

将史が死んでから、前向きに頑張ろうとしていた。ただの一度も自棄《やけ》になった言葉など口にしたことがなかった。どうして突然、こぼれてしまったのだろう。

しかし、せつはわかっていた。この感情は薄い膜みたいに自分のすぐ後ろに張り付いている。気づかないふりはできる。だけどなくならず、いつまでもそこにある。駄目だ。今、ここでぼんやりしているのは危険だ。少なくとも何か行動をしなければ。

せつは立ち上がった。ソファで寝てしまったために、今度は首が痛かった。しかし、構わずにテレビを消し、カーテンを閉めに窓辺に向かった。

「あら、にゃあちゃん」

せつは窓の外の小さな庭に猫の姿を見つけた。きりきりと張り詰めていた神経が一瞬緩む。

その猫は大柄でふくふくと丸い雄の白猫だ。将史が存命中によくこの庭に姿を見せていたが、前回の来訪から二ヶ月以上経っていた。首輪をしているし、去勢手術の痕もあるので、どこかの飼い猫だろう。

せつは戸棚から猫用のおやつのチューブを取り出してきて、窓を開けた。ぶわっと夏の夜の外気が室内に入り込んでくる。

「にゃあちゃん、久しぶり。よく来たね」

猫は「なあん」としゃがれ声で鳴いてせつのもとへ寄ってきた。将史にいつもおやつをもらっていたのを覚えているようだ。封を切って口元に近づけると、ぺろぺろ舐《な》めだした。せつの指にも猫のギザギザした舌があたる。

「にゃあちゃん、うちのお父さんに会いに来てくれたの？　あの人、もういないのよ。ごめんね」

猫に言ってもわからないだろうと思いながら語りかける。飼い猫だろう猫に勝手におやつをあげては駄目だと夫には言った。だけど、夫は時折やってくるこの白猫のためにおやつを用意しておくのだ。せつもまた猫におやつをあげるひとときの、将史の優しい横顔が見たかった。だから、途中からは何も言わなくなった。

「あなたさえよければ、また来てね。おやつ買っておくから」

「なあん」

猫がひと声鳴いて、ぺろりと口の周りを舐めた。おやつはもうない。

「にゃあちゃん、うちに寄っていく？」

窓を大きく開けて、どうぞという仕草をしたが猫は座ったままだ。

猫は一度たりとも家に上がり込んだことがない。おやつはもらうが、それは軒先。よその家でもそうしているのだろうか。せつはそんな猫をある意味礼儀正しいと思っていたが、少し寂しくもあった。

すっくと立ちあがった猫が、体型に似合わぬ身軽さで団地と道路を隔てる壁に上った。

「帰るの？　にゃあちゃん」

「なあああん」

ひと際長く鳴き、そしてこちらを見つめる。

「なに？」

「んなあああ」

会話のようなやりとりだ。白猫はいつまで経っても動かない。正確に言うと、歩み出そうという姿勢でぴたりと止まり、せつに向かって鳴いている。まるで「ついてきて」と呼んでいるみたいだ。

「にゃあちゃん、私もお外に出たほうがいいの？　あなたがそう言うならお散歩しようかしら」

せつはハンガーラックから薄手のカーディガンを取り、財布をポケットに入れた。窓を閉めるときも猫はまだこちらを見ている。

ちょうどよかった。このまま夜の家にひとりでいたら、どんどん暗い気持ちになってしまう。少し外を歩いて気晴らしをしよう。

玄関でスニーカーを履き、団地の表に回った。せつの住む部屋は集合ポストのある正面玄関に近く、見れば壁から降りたと思《おぼ》しき白猫がそこで待っていた。

せつの姿を見るとすたすたと歩きだす。本当についてこいと言わんばかりの態度だ。

「ひとりで散歩じゃつまらないから、嬉しいわ。ありがとうね、にゃあちゃん」

猫は少し先をとっとこ歩く。せつの歩みでは追いつけない。見失ったと思いながら速足で進むと、角で待っている。汗ばんできたので、カーディガンは脱いで腕にかけた。五分ほど歩くと、もうそこは駅前の商店街のはずれだった。

スーパーで買いそびれたものがあったときは、この商店街にもやってくる。しかし、以前の住まいと工場からは離れているため、あまり馴染みはなかった。

ふと、甘じょっぱい香りが鼻をかすめた。なんの匂いだろう。香ばしくて美味しそうな匂いだ。

路地から漂う香りに、くんくんと鼻を近づけると猫がその路地にすっと入っていった。

「にゃあちゃん、そっちに行くの？」

暗い路地に入ると、うっすらと灯りが見えた。右手にあるのは古い書店だったはず。何度か本を買いに来たことがある。将史とも来たことがあり、彼はせつよりよく利用していたかもしれない。

中年の店主がやっている小さな書店だ。二十二時過ぎ、もうとっくに閉まっているはずの店内から今日は灯りが漏れていた。そして、いい香りはそこから漂ってくるのだ。

「あら」

猫は引き戸に頭をめり込ませ無理やり中に入っていってしまった。

この書店の猫だったのか。それとも、ここもあの子の立ち寄り先なのだろうか。そんなことを考えながら近づくと、書店の趣は昼間とがらっと変わっていた。

赤い提灯《ちょうちん》はどこか外国のもののように見える。紺色の暖簾《のれん》がかかっていて、引き戸には『お食事あり〼』の張り紙。

「本屋さんよねえ、ここ」

おそるおそる引き戸に手をかけて、中を覗《のぞ》いてみたのは白猫の行方が気になったからだ。

「いらっしゃいませ」

エアコンの心地よい風とともに、奥から声が聞こえた。せつは驚いて伸びあがって書架の向こうを見た。薄暗い店内の奥に煌々《こうこう》と光るお店が見えた。書店の奥にもう一軒あるようだ。

お店の開け放たれた戸口から若い女性の店員がやってきた。その足元には例の白猫がまとわりついているではないか。

「あ、あの。そちら様の猫ちゃんですか、その子は」

「はい。うちの大福《だいふく》です。もしかして、大福がよくお邪魔をしていますか？」

白猫は大福という名前らしい。よく似合っている名前だと思いながら、せつは頷いた。

「すみません。さっき、うちでおやつをあげてしまいました」

「まあ、それはご馳走《ちそう》様です。よければ、お茶でも飲んで行かれませんか？」

「ここは本屋さんでは？」

「ええそうです。でもたまに夜のごはん処《どころ》として営業をしています」

せつは招かれるままに入店した。

「こちらへどうぞ」

定食屋と書店の継ぎ目には二畳ほどのスペースがあり、そこにはひとり掛けのソファとローテーブルがある。女性店員はそのソファにせつを座らせると、奥からお茶を運んできた。

奥のＬ字型のカウンターでは会社員風の男性客がひとり、食事をしている。ああ、やはりここは定食屋なのだと今更納得する。カウンターの中で作業をしているのは、この書店の店主に見えた。どうやら、料理人でもあるらしい。

「なあん」

本棚にでも乗っていたらしい大福が近づいてきた。せつの座るソファの肘掛けに乗り、それからせつの膝の上に移動する。見た目通り、ずしりと重い。膝に乗ってくれたのは初めてだ。将史の膝にだって乗ったことはなかったはず。

（お父さん、この子大福ちゃんっていうそうよ）

心の中で夫に呼びかけながら、熱いほうじ茶をいただく。冷たいお茶だと冷えてしまうので、このくらい熱いお茶は嬉しい。ひと口飲むと喉とお腹にあたたかな道ができたみたいに感じられた。心地よい。

「すみません。大福、重くないですか？」

女性店員が話しかけてくる。せつは首を横に振った。

「いいえ。お膝に乗ってくれるなんて嬉しい。いつも撫《な》でさせてはくれるけれど、部屋に寄ったり膝に乗ってくれることはなかったんです」

「重たくなったらどかしますので、いつでもおっしゃってください。うち、大きな犬もいるんですけれど、今は上で寝ています。おばあちゃん犬なので疲れるとすぐに眠っちゃうんです」

「わかるわ。私も寝てばかりなの。今日は大福ちゃんに誘われて、散歩に出てみたんだけれど」

気持ちが少し上向いたせいだろうか。鼻孔をくすぐる香ばしい香りのせいだろうか。せつのお腹がぐーっと大きな音をたてた。

「あらあら、恥ずかしい」

お腹を押さえて、せつは苦笑いをした。

「あの、お腹が空いていらっしゃるなら食べていかれますか？　メニューは定食ひとつだけなんですが」

「定食……」

夕食は食べていない。昼も菓子パンをひとつ食べただけだ。

「今日の定食はひつまぶしです。鰻がお嫌いでしたら、無理はなさらずに」

カウンターの奥から店主が声をかけてきた。初めて声が聞こえたが、渋い、いい声だと思った。そして、店外にまで漂ういい香りが鰻の匂いだとわかった。

「鰻、好きなんです。頂戴しようかしら」

「はーい。かしこまりました。よろしければ、こちらのカウンター席へどうぞ。ほら、大福、どきなさい」

女性店員に抱き上げられ、猫が迷惑そうに、んにゃあと鳴く。どうやら、せつが聞いていた声は甘えた声で、素の声はいっそう低いらしい。

明るい食堂スペースに足を踏み入れた。よく磨かれたカウンターにつく。

鰻は事前に白焼きにして蒸したものを、注文が入ってからタレを塗ってかば焼きにするようだ。焼き上げている最中はよだれが出そうな芳香が店中に漂う。

ざくざくと切ってお櫃《ひつ》ごはんの上にのせられた鰻はとても美味しそうだ。山椒《さんしょう》にネギにゴマ、大葉にミョウガ、千切りの生姜《しょうが》。薬味はお好みでといったところか、たっぷり添えられている。

「まずはそのままどうぞ。お好みのタイミングで出汁《だし》をかけてお召し上がりくださ い」

お櫃の中にしゃもじを入れてひつまぶしを四等分し、茶碗によそう。薬味を加えてひと口。

「ああ、美味しい」

鰻の香ばしい香りとふっくらした身が、えも言われぬ美味しさを奏でる。甘じょっぱいタレと薬味とともにごはんと混ぜたひつまぶしが、せつはうな重より好きだ。

「私、お出汁をかけて食べるのが大好きなので、少し早いけれど……」

「どうぞ、お好きにお召し上がりください」

二膳目は軽く盛る。薬味たっぷりときざみ海苔《のり》を追加して、熱々の出汁をかけた。れんげで取って、ふうふうと息をふきかける。そうっと口に運ぶと香ばしさと出汁の風味にほっとため息が出た。

「はあ、こういうものを食べたかったんだって身体が言っているわ」

せつはしみじみと呟いた。空っぽのお腹に、ひつまぶしが栄養そのものになって直接染みてくる。

「よければ、こちらも」

店主が出してきた小鉢は鰻入りの玉子焼き、鰻巻きだった。

「まあ、鰻巻きなんて久しぶり」

口に運ぶとほろほろとほどけるほど柔らかい。味の濃い卵が鰻の風味と喧嘩せず、絶妙に合う。

「美味しいわ。店長さん、本屋さんなのにすごいわねえ」

褒めると店主が照れたように微笑《ほほえ》んだ。

「書店を父から継ぐ前は料理人をしていたんです」

「あら。どうりで本格的なわけね」

先に食べ終えた奥の席の会社員風の男性が会計を終えて帰っていった。帰り際におやすみなさいと声をかけてくれたので、せつもまた頭を下げておやすみなさいと挨拶をした。

店はしんとした。店長は下げた食器を洗っていて、女性店員はお茶を淹《い》れ直して小さなスイートポテトをせつの前に置く。せつはゆっくり、残りのひつまぶしを食べた。食べきれるかしらと心配したが、すいすいとお腹におさまっていった。

(私、お腹が空いていたのね)

身体に食物が入ると、体温が上がる。眠気とは別の満たされた安らかさが、胃からじんわりせりあがってきた。

鰻巻きの最後のひと切れを口に運び、ゆっくりと咀嚼《そしゃく》して飲み込んだ。

「本当に美味しい」

せつは呟き、それから店主に向かって続けた。なんとなく思い出を聞いてほしい気持ちだった。

「去年、主人と落語を聞きに行って、その帰りに鰻を食べたんです。落語の演目が鰻でね」

「落語で鰻。『素人鰻』ですか?」

「ええ、そう。主人は落語が好きで、たまにテレビで見ていたりもしたんだけれど、実際に寄席に聞きに行ったのは初めてで」

するとと、女性店員が奥から「あったあった」と本を出してくる。

「これにも載ってる演目ですね」

落語の有名作品が収められている本だ。将史の棚にも同じような本があったように思う。

「雇った職人をクビにしちゃったお武家さんが、素人ながらに鰻を料理しようとする話でしたっけ」

「そうそう、そうなの。ぬるぬるする鰻を必死に捕まえる仕草が面白くって。終わった後に、主人と鰻が食べたくなったねえって食べに行ったの」

少し張り込んで上野《うえの》の美味しい鰻屋に行ったのだ。その時食べたかば焼きはとても美味しく、初めて食べた鰻巻きにもいたく感動した。

「今日いただいた鰻巻きは、そのとき食べたものとはまた違ってほろほろして美味しかったわ。専門店に引けを取らないお味でしたよ」

「それは光栄です」

店主の控えめな笑顔に、せつはふふふと笑って返し、それから目を細めた。

「また寄席に行って、帰りは次も鰻にしましょうって主人に提案したの。そうしたら主人は『いい鰻を食べたからしばらくは俺は匂いを思い出して飯が食えるよ』なんて言ってね」

「それも落語ですね。『嗅ぎ賃』でしたか」

店主が答え、せつは「そうそう」と笑った。夫が言った冗談が、この人たちにも伝わったのが嬉しかった。

「結局もう一度寄席にも鰻屋にも行かないまま、主人は亡くなっちゃいました」

こんな暗いことを言ったら困るだろうか。そう思いながら、夫の話をした手前、その人がもういないことを言わないでいるのは苦しかった。

すると、店主は低く言った。

「お悔やみ申し上げます。悲しいことを思い出させてしまいましたか」

せつは慌てて首を横に振った。

「いいえ、思い出せてよかったんです。この思い出はもう私しか覚えていないから、私が忘れたら消えてしまうでしょう。美味しい鰻巻きとひつまぶしで思い出せてよかった」

それに、とせつは心の中で思う。

(ごはんが美味しいって思い出せたのもよかった)

六十年、日々のすべてが将史とともにあった。ひとりぼっちのせつの家族になってくれた人、最愛の夫。将史がいなくなって、その穴がどれほど大きくせつの心を空っぽにしてしまったかを痛感した。

食事や家事は生活の色が濃すぎる。そのすべての風景に将史がいたのだ。将史がいなくては、何をしていても楽しくない。将史との思い出を振り返れるほど整理もできていない。ただただ日々、眠って痛みをやり過ごす。眠っている束《つか》の間《ま》は、将史のいない現実を実感しないで済んだ。未来のどこにも将史と過ごす時間がないことに絶望しないで済んだ。

せつはあふれてきた涙をぬぐった。散々泣いたはずなのに、まだ涙は涸《か》れないらしい。店主に差し出されたティッシュペーパーで洟《はな》をかむ。

この店主の目はとても優しい。いつか動物園で見たアジアゾウの目に似ていると思った。ひたすらに静かで、ここではない遠くを見るような目だ。

「今夜はひとりで途方にくれていたの。大福ちゃんに連れ出してもらえて、ここにたどりつけて嬉しかった。お腹がいっぱいになって、少しだけ気分が明るくなった気がします」

「それなら、よかったです」

「私ったら、家の片づけを放り出してきちゃったの。帰ったら、今夜寝るところから作らなきゃいけない。そろそろお暇《いとま》しなきゃね」

ポケットから財布を出すため椅子から降りようとする。横でじっと話を聞いていた女性店員がおずおずと口を開いた。

「あの、このお店、実はお宿もやっているんです。もし、おひとりの家が寂しいなら格安で泊まれますよ。きっと、大福が一緒にお休みします」

どうやら、気を遣わせてしまったようだ。店主はすんなり受け止めてくれた『死』は、彼女にはまだ重たい言葉だったのだろう。せつは目を細めて、口元を緩めた。

「ありがとう。でも、家で夫が待っているから。おばけでもなんでも、きっと近くにいてくれていると思うし。私があの家に帰らなかったら心配するもの」

せつはそう言って、今度こそ椅子から立ち上がった。

「でも、また今度、寂しい晩はここに来ようかしら」

「はい、ぜひ。気まぐれ営業ですが、お電話をいただけたら開けておきますよ」

店主の言葉にせつは明るく笑った。

「いやあね、おばあちゃんに気を遣わないで。開いてるときに来ますよ」

書店から出るときに、引き戸のところで大福が見送ってくれた。なあんと甘い声で鳴く。

（本当に大福ちゃんに感謝だわ）

せつは自宅に向かって歩き出す。郊外の夜は静かで、駅前にはコンビニのあたりに人影があるだけ。通る人はほとんどいない。

昼間より温度は下がったものの、今夜もエアコンなしでは眠れない夜だろう。お腹が温かく、身体も温かい。帰って熱いシャワーを浴びたら、気持ちいいに違いない。

「明日は早く起きましょう」

せつは夜空を見上げて呟く。

「ごはんを作って、片付けをしましょう」

誰よりも自分のためにそうしよう。せつはそう思った。

そうして、元気になったらひとりでも寄席に行ってみよう。他にも楽しいことを探してみよう。きっと何をしていても、隣に将史はいてくれるだろうから。

＊＊＊＊＊

「今夜も熱帯夜だって。定食のデザートにかき氷をつけるのはどうかなあ」

朝、ふくふく書房の開店準備をしながら成《なる》が呟いた。成は料理の仕込みも手伝うが、自分はもっぱらデザート担当だと思っているようだ。

「それは成が食べたいだけだろう」

夏郎《なつろう》は外のラックに新聞を置き、続けて今日発売の雑誌も並べていく。文庫の新刊もどっさりやってきたので、棚の入れ替えも必要だ。書店の朝は忙しいし、重労働だ。

「へへ。バレた？」

成はにやにやして床にモップを走らせる。

「昨日、この前のおばあちゃんを見かけたよ。お友達と楽しそうに歩いてた」

「ああ、小里さん」

夏郎は一週間ほど前にやってきた老婦人を思い出す。

「お父さん、名前知ってたんだ」

成に意外そうな顔で尋ねられ、文庫の束をカートから降ろしながら夏郎は頷いた。

「ご主人はうちで何度か落語やゴルフの本を注文してくれたことがあったよ。あの奥様も一緒に来たことがあるから顔を覚えていてね。ご主人は亡くなってしまったんだなあ」

お客とは一期一会のつもりでいるが、顔を知っている人の死はやはり寂しい。そしてあの細君がしてくれた思い出話が、夏郎の心をしんみりさせた。

「大福が連れてきてくれたお客様だけど、大福も小里さんの家のゲストだったのよね」

成が言い、レジカウンターで眠っている大福をつついた。大福は脱走癖があり、どんなに注意していても自分で戸を開けて外に出かけてしまう。今回のようによその家でおやつをもらってくることもしばしばだ。

「でも、大福が遊びにいけば、小里さんも寂しくないかな」

「かもしれないね」

ふたりはそう言って、大福をわしわしと撫でた。いい仕事をしてくれる看板猫は、起こさないでくれといわんばかりに、迷惑そうな顔でじろりとふたりを睨《にら》み、また目を閉じた。

「さて、開店準備完了」

「フクコを上から連れてくるね」

成が控室兼倉庫を通って二階の自宅に上がっていくと、書店の引き戸の向こうに小里せつの姿が見えた。

開店時刻の少し前だったが、夏郎は引き戸を開ける。

「おはようございます。いらっしゃいませ」

「店長さん、おはようございます。先日はありがとうね。ちょっと早かったかしら」

「いえいえ、時間ちょうどです。今日は本をお探しですか？」

「そう。定期購読の申し込みをしたいの。これよ」

せつが差し出してきたメモには毎月出ている家庭菜園の雑誌名が書かれていた。

「畑をやられるんですか？」

「ええ、そう。市民農園の順番が回ってきたから。昨日講習会に行って、同じようにこれから始める人たちと仲良くなってね。一緒に頑張ろうって話したの」

「それは素敵ですね」

「まず、大根と蕪《かぶ》を作るのよ。できたら、このお店におすそ分けするわね」

「いいんですか？」

「いいのよ。ひとりで持て余す量ができることも多いって聞くから。取らぬ狸《たぬき》の皮算用にならないといいけれど」

くすくす笑うせつにつられて、夏郎も微笑んだ。

「ふろふき大根、蕪のサラダ……夢が広がりますね」

「でしょう。夢いっぱいよ」

せつの小柄な身体はしゃんと背筋が伸びていて、答える声は潑剌《はつらつ》としていた。

アンが食べたかもしれないパイたち

甲元嘉人《こうもとよしひと》は帰宅ラッシュを過ぎた時刻に、電車で帰路についていた。

つり革に体重の多くを預け、揺られる貧相な身体《からだ》が車窓に映る。灯《あか》りのともる夜の街に浮かび上がる、ひどくくたびれた姿。頰はこけ、背は曲がり、髪も白髪が増えた気がする。

「はあ」

思わず大きなため息を漏らすと、横に立つ女子高生がじろりとこちらを見た。意識してはいなかったが、ため息は声になっていたらしい。よれたスーツの中年が大きな声を出してため息をついていたら、確かに不審だろう。

途端に落ち着かなくなってきた。不審者に思われたくないので、甲元は居住まいを正そうとするが、襲ってくる不安感から余計に目をきょろきょろとさせてしまう。

（気にするな……誰も俺の顔なんて知らない）

甲元は必死に心の中で唱える。

（日本中のやつらがあんなゴシップ誌を読んでるわけじゃあるまいし、見たって俺の顔なんかわかるはずがない）

そうだ。女子高生に睨《にら》まれたくらいでおどおどするな。その方が怪しいぞ。そう思いながら、甲元は次の駅でよろけるように降車した。降りる予定のない駅だった。

次の電車はすぐ来るだろう。しかし、結局甲元は次の電車には乗らず、普段降りないその駅の改札を出た。

自宅の最寄《もよ》り駅は三つ先。もういい、歩いて帰ろう。線路近くの街道を歩けば辿り着けるに違いない。

今日甲元は一週間ぶりに帰宅する。

しかし、時間はなるべく遅い方がいいだろうと考えていた。できたら、小学生の娘と幼稚園生の息子が寝たあとがいい。子どもたちに会いたくないわけではないが、歓迎してくれるか、自信がなかった。義両親と妻が、子どもたちに何を吹き込んでいるかわからない。

そして、その妻が問題だ。妻と話すことが帰宅の目的なのだが、門前払いを食らうかもしれない。話し合いに応じてくれないことは充分考えられる。

近くに住む義両親がすっ飛んでくる可能性もある。

そう考えると足取りは重く苦しいものとなり、甲元の歩みは遅々として進まない。

「そうだ、夕飯。……食べてから行こう」

改札を出たところで見つけた立ち食い蕎麦《そば》屋に寄る。かけ蕎麦を一杯のろのろと食べ、駅前のベンチに座って食休みした。いきなり歩いたら消化に悪い。もう少しこなれたら歩きだそう。

そう思いながら、甲元の尻は根が生えたようにベンチにべったりくっつき、離れなくなった。


甲元が群馬県の公立高校から国内トップの国立大学に合格したのは今から二十年前だ。

国家公務員一種試験に合格し、財務官僚になったのが二十三歳になる年。甲元は両親の自慢の息子だった。

省庁官僚になって早い段階で政治の世界に興味を持った。

日本を動かしているのは永田町《ながたちょう》の官僚だが、官僚という職業は忙しすぎる。朝から晩まで仕事に追われ、徹夜だってざらにある。

甲元が走り回り徹夜で作った答弁書を「ン」と軽い調子で受け取って国会に赴く大臣の姿を見ていると、使う側の人間になった方が得だと思うようになってきた。

二十六歳のとき、運命の出会いを果たす。時の財務大臣・蔵満千十郎《くらみつせんじゅうろう》だ。昔気質《むかしかたぎ》の政治家、男気のある蔵満を見て、甲元はこの人だと思った。

『先生のもとで勉強させてください』

必死の懇願を蔵満は受け止めてくれた。

『よし、じゃあうちの事務所で面倒を見よう』

財務省を辞め、甲元は蔵満の秘書になった。先輩秘書が高齢だったこともあり、甲元はすべての仕事を引き継ぎ、どこに行くにも蔵満に付き従った。議員の仕事である政務はもちろん、大臣の仕事である公務にも同行した。

休日の私的な外出は担当SPに任せることが多いが、甲元は休みを返上して同行し、蔵満のすべてを把握し手足となって動いた。

若くてフットワークが軽く、賢い甲元を蔵満は大変重宝した。蔵満が大臣の任期を終え、衆議院議員としての暮らしを始めてからも甲元は仕事に励んだ。

三十歳になった年、蔵満の紹介で妻の美麗《みれい》と会った。美麗は東京郊外の不動産会社社長の娘で、父親は蔵満の熱心な支援者だ。

『私のもとに来た頃から、いずれ政界デビューをと考えていたんだろう』

蔵満に尋ねられ、甲元は『はい』としっかり頷《うなず》いた。

『ゆくゆくは私の地盤を継いでもらいたいと思っている』

それは待ち望んでいた言葉だった。蔵満は妻に先立たれ、ひとり娘はとうに嫁いでいる。彼の地盤と政治活動を継ぐ血縁者はいない。信頼できる部下を政治の世界に押し出してくれることは充分あり得ると見込んでいた。

『実の息子だと思ってきみを育てているんだ。美麗さんを大事にして、まずは家庭を営んでごらんなさい』

蔵満の後継者という最高の未来を用意され、甲元はますます奮起した。

今まで以上に蔵満に尽くし、信頼を勝ち取り続けよう。

妻となった美麗は甲元より五つ年下で、穏やかで世間知らずのお嬢さんだった。主義主張は少なく、おっとりとした性格は、一緒にいて居心地がいい。彼女は甲元の議員秘書という仕事に理解を示し、毎日帰宅が遅いことにも休日返上で出かけていくことにも文句ひとつ言わなかった。

『嘉人さんが頑張っているんだから、私は応援するわ』

そう言って、いつも笑顔で送り出し、出迎えてくれた。

美麗の父親に建ててもらった大きな戸建てに住み、やがて娘と息子の子宝にも恵まれた。

順風満帆だった。

「いいかげん、帰らないと」

甲元は立ち上がった。時刻は二十時過ぎ。ここから歩けば、帰宅は二十二時を越えるだろうか。子どもたちは寝ているはず。

不動産会社社長の娘と結婚し、郊外に大きな邸宅を建ててもらったと言えば、友人たちには逆玉だとからかわれたものだ。しかし、甲元はそうは思わなかった。

立派な家だって都心から離れすぎれば不便だった。美麗の実家が近い方が、子育てに手を借りやすいだろうとあの立地を受け入れたが、通勤に時間がかかりすぎる。

そうだ、あの家がすべての元凶だったのかもしれない。義父が恩着せがましく建てた家じゃなく、都心のマンションに妻子と住んでいれば、自分はあんな過ちを犯さずに済んだのだ。

甲元は悔しさとも後悔ともつかない気持ちで唇を引き結び、黙々と歩く。

一年半前、蔵満が厚生労働大臣として再び入閣した。その頃から甲元の仕事は今まで以上に忙しくなった。蔵満は甲元と同じ地域に自宅があったが、主に赤坂《あかさか》の議員宿舎で寝泊まりしていた。つまりは仕事や会食が何時に終わっても、すぐに帰宅できるのである。

甲元はそうはいかない。二十三時を過ぎれば終電がなくなる自宅にはなかなか帰れない。蔵満はタクシー代を事務所の経費から出すと言ってくれたが、それなら都内のシティホテルに宿泊した方が安く済む。甲元は週の半分以上をシティホテルで過ごすようになった。

『いつも忙しそうね、甲元さん』

日方優子《ひがたゆうこ》衆議院議員と親しく話すようになったのは、彼女が蔵満の所属する派閥の後輩議員だったからだ。話してみれば、甲元とは同じ大学、学部の先輩後輩の間柄だった。議員も官僚も国内トップクラスの大学出身者ばかりなのだから大学が被《かぶ》るのはよくあることなのだが、学部やゼミナールまで同じだったことに、ちょっとした親近感が湧いた。

年は甲元より三つ上で、独身。際立った美人ではないが、清潔感があり知的だった。都内の資産家の娘で、生粋《きっすい》のお嬢様だ。

『まずは四十代のうちに大臣のポストを経験しておきたいの』

同じお嬢さん育ちでも妻の美麗とは醸す雰囲気が違った。日方優子は洗練されていたし、野心家でギラギラしたところがあった。話していて面白いのだ。

美麗に仕事の話をしてもいつもきょとんとされてしまう。同じレベルで語り合えないと悟ってから、美麗には当たり障りのない話しかしなくなった。

しかし、日方優子には様々な話ができた。仕事のこと、政治のこと、思想や哲学のこと、興味のある趣味のこと。気づけばふたりで食事に行く機会が増えていた。甲元は蔵満を議員宿舎に送ればそのあとは都内のシティホテルで翌朝までやることがない。そこに日方優子が訪ねてくるのだ。

『毎日家に帰れないいんじゃ奥さんが寂しがらない？』

『こういう仕事だとわかっていますから、妻も子どもたちも好き勝手やってくれていますよ』

『あら、それはなんだか、あなたが寂しいわね』

日方優子の目がなまめかしく見えたのはそのときが初めてだった。甲元の手にそっと白い手を重ねてくる。ささやく唇は赤かった。

『実は孤独なんじゃないかしら、甲元さん』

ふたりが男女の関係になるまでに時間はかからなかった。

週に何度か忙しい時間の合間を縫って逢瀬《おうせ》を重ねた。日方優子は甲元と過ごすために、ハイクラスホテルのグレードの高い部屋を予約してくれた。食事は会員制の料亭やBAR。

蔵満と一緒に行動していて、そういった上流の世界は常に見ていた。しかし、その主《あるじ》として振舞えるのは、また格別だった。いずれ自分にもやってくるだろう議員生活を先取りしているようだ。

美麗と子どもたちを思い出さないわけではなかった。しかし、彼女たちは甲元のいる世界の外側にいた。甲元の生きる永田町、霞《かすみ》が関《せき》を彼女たちは知らない。郊外の自宅に帰れば、いい夫でありいい父親をしているのだ。これほど日々激務に耐えている自分が、都心で多少楽しんだっていいに決まっている。

大人の遊びは一年近く続いた。事態が激変したのは、先週月曜日だった。

『なんだ、これ……』

事務所のメールアドレスに週刊誌からメッセージが届いたのだ。その内容を、事務員の平出《ひらいで》という五十代女性に見せられ、甲元は凍り付いた。

明後日《あさって》発売の週刊誌に、日方優子議員が妻子ある男性と不倫をしているという記事が載るというのだ。添付の記事のデータを見れば、そこには日方優子の腰を抱いている甲元の写真。ＢＡＲカウンターで顔を寄せ合っている写真もある。

『相手の男性は蔵満厚生労働大臣の私設秘書Ｋさん。ここまで書かれてますよ』

そう言う平出の顔は厳しい。他の事務員たちも、混乱と嫌悪をにじませ甲元を見ていた。

記事はもう止められる段階にない。確実に明後日書店の店頭に並ぶだろう。ネットニュースになる方が早いかもしれない。蔵満に黙っていることはできなかった。

『おまえは、なんてことをしてくれたんだ』

厚生労働省の大臣室に赴き、即座に報告したが、想像通り蔵満は烈火のごとく怒った。

『おまえは私の顔に泥を塗ったんだぞ！　日方くんも何を考えているんだ。あの小娘が』

蔵満は悪態をついて、ぎろりと甲元を睨んだ。

『おまえの義理の父親は私の支援者だぞ。美麗さんにおまえを紹介したのは私だ。おい、家族になんと報告したんだ』

『まだ、何も』

『今すぐ行くぞ！　仕度をしろ！』

蔵満とともに戻った久しぶりの自宅。事前に連絡をして来てもらった義父と、妻の美麗が出迎えた。子どもたちは小学校と幼稚園だが、話し合いが長引けば義母が迎えに行ってくれるそうだ。

週刊誌の記事が出る前に、釈明とお詫《わ》びに走った蔵満の行動は、それが支援者への誠意だからだろう。しかし、甲元はなんの覚悟もできていなかった。蔵満に引きずられるように自宅に向かい、ただひたすらに頭を下げた。

日方優子議員に誘惑され、立場上逆らえなかったと彼女のせいにして謝った。

義父が顔をしかめ怒りの言葉を並べ、蔵満が共感しつつ頭を下げて謝罪する。甲元はひとつひとつの質問に必死で答えながら、どうしたら自分の罪を贖《あがな》えるかを模索した。ごまかしや嘘《うそ》を含んでもいい。この場が丸く収まるならなんでもできる。大真面目《おおまじめ》にそう思った。

その間、妻の美麗はじっと黙っていた。義父が美麗に向かって、どうしたいかと尋ねたとき、甲元は額を床にこすりつけ土下座を続けていた。

『離婚します』

彼女の口から出た言葉が甲元の後頭部に静かに降ってきた。

『え？』

顔をあげた甲元の目に、美麗の顔が映る。彼女の表情は「無」だった。本当になんの感情もなかった。

『離婚します』

彼女はそう繰り返した。断固たる意志を、その場にいる全員が感じたに違いない。

甲元は理解した。

自分は今この瞬間まで、どこかで美麗は自分を許してくれるのではないかと思っていた。夫の失敗に理解を示し、受け入れてくれるのではないかと思っていた。

違ったのだ。

彼女を見くびり、甘く見ていた。

馬鹿にされ、下に見られ、コケにされた女性が、こちらを許してくれるはずなどなかったのだ。

それからこの一週間、様々なことがあった。

まず、蔵満から解雇を宣告された。議員としてのキャリアをスキャンダルで傷つけられたこと、支援者の家族を深く傷つけ蔵満の顔に泥を塗ったこと。それらの理由から人間的に信用できないと言われたのだ。事務所には二十代の若手スタッフもいる。

かつての甲元のように蔵満に師事してきた若者だ。彼らに甲元の仕事を引き継ぎ、半月以内に事務所を去るようにと言い渡された。

日方優子議員からは早々にメッセージアプリをブロックされた。彼女は数日間、体調不良を理由に雲隠れし、それから公式SNSを通じて甲元との関係をただの友人だと言い張った。あんな写真が出ておいて誰も信じないだろうが、認めるわけにもいかないのだろう。おそらく、党の派閥代表の考えもあるのかもしれない。若手ホープの女性議員をスキャンダルで失いたくないのだ。日方は数年これを理由に叩《たた》かれるだろうが、厚顔にも耐え続けて議員の地位を守るのだろう。悔しいが、彼女はこの先も政治活動ができる。甲元の未来は閉ざされたというのに。

実家の両親からは何度も留守電やメッセージで『どういうことか説明しろ』と連絡が来ているが、まだまともに返していない。すべて決まってからでないと説明ができない。

妻の美麗は話し合いで、離婚する以外の言葉を一切口にしなかった。メッセージアプリにどんな釈明と謝罪を送っても無視だ。代わりに義理の両親から離婚について弁護士を通して連絡がいくと電話があった。

『離婚はしたくありません。美麗と話をしたいです』と訴えたが、『どの面を下げてそんなことが言えるんだ』と一蹴された。子どもたちにも会えないまま、離婚の話が進んでいく。

一週間、ホテル暮らしをしていたが、今日帰ろうと決めた。美麗ともう一度話がしたかった。まだ正式に離婚したわけではないし、あの家の名義は甲元のものだ。帰宅したってなんの不都合もない。

ただ、今日帰宅するとは言えなかった。言えば、美麗は子どもたちと実家に帰ってしまうだろう。話し合いの機会も、子どもと会う機会も失われる。

不意打ちでも帰宅して、彼女と話そうと決めた。やり直せないかと相談しよう。子どもたちの寝顔を見て、こんなに可愛《かわい》い子たちと離れられないと訴えよう。ふたりでこの子たちを守っていこうと約束するのだ。

そして、これは汚い考えでもあるのだが、美麗が離婚を思いとどまってくれれば、蔵満事務所を辞めなくてすむかもしれない。婿が無職では困ると義両親が執り成してくれる可能性だってある。

今まで理解ある妻だった美麗だ。誠心誠意謝罪をして、苦境を訴えよう。情けなくとも彼女に許しを請おう。最後のチャンスだと思って謝ろう。

もし、美麗に許されなかったらどうしよう。仕事も家族も失い、ひとり。

考えるだけで背筋がぞっと寒くなる。

そうだ、まずは日方優子に復讐《ふくしゅう》をしよう。メッセージアプリには恋人同士らしいやりとりが残っているし、ツーショット画像もある。これらを週刊誌に売ろう。友人だったなどと言い張れない証拠をこちらは持っている。蔵満には、マスコミには何も答えるなと釘《くぎ》を刺されているが、そんなのは知ったことか。同じ罪を犯したのだから、同じくらい痛い目を見てもらわなければ割に合わない。

暗い企《たくら》みを胸の奥に秘め、それでもまずは家を目指さなければと考える。美麗さえ許してくれれば、そんなことはせずに済む。彼女さえ理解してくれたら……。

しかし甲元の歩みは進まず、結局ひと駅で足が動かなくなり、また駅前の植え込みに腰掛けてしまった。

自宅はまだ二駅先だ。

「はあ」

ため息が出た。そして、また空腹を感じた。

この一週間、空腹は感じるが、何を食べても味がはっきりしない。食べたものもろくに覚えていない。先ほど食べた蕎麦も、もう身体のどこにも残っていないような寂しい気持ちになった。

「何か食べようかな」

この駅は蔵満の選挙区とは微妙にずれているので、駅で降りたことがないし、近くに来たこともない。調べるとファミレスやファストフード店は少し離れた街道沿いやショッピングモールにあるらしい。駅前にはコンビニくらいしかない。

「どうしよう」

家への足取りは重いのに、目の前の空腹には足が動いた。

牛丼屋でも探そうか。スマホで調べたところ、目の前の小さな路地に入り住宅地を抜けるのが大きな街道への近道らしい。そこまで出れば、この時間でも開いている食べ物屋があるだろう。

暗い路地に足を踏み入れて、すぐに赤い何かが目に映った。数メートル先に真っ赤なランタンが揺れている。暖簾《のれん》も出ている。

「飯屋か？」

のろのろと近づくと『ふくふく書房』と壁に銘《しる》されてある。

「なんだ、本屋か」

しかし、ガラスの引き戸には『食事あり〼』の文字。これはどういうことだろう。

すると引き戸ががらりと開き、中から若い女性店員が顔を出した。ボブヘアで少しそばかすがある、目の大きな可愛い子だ。

「いらっしゃいませ。お食事はいかがですか？」

「え、はあ」

「今日はサービスデーですよ。特別なメニューがあります」

気圧《けお》されながら、甲元は尋ねる。

「ええと、ここは食事があるの？」

「はい。いつもは定食とデザートを出しているんですが、今日はちょっと特別です」

「あ、そう」

「よろしければどうぞ！」

完全に流される格好で、甲元は店内に入った。中から香る香ばしい匂いが気になったからだ。

足を踏み入れるとそこは飲食店ではなく、書店だった。ずらりと並んだ本。新聞のラック、週刊誌の棚、平積みのコミックや文庫。

しかし、暗い店内の突き当たりに灯りがついている。足を進めると、開け放たれた戸の先にカウンターが見えた。

「へえ、面白いな」

「変わったお店でしょう」

招かれるままに書店から継ぎ目の二畳ほどの部屋を通り、食堂内へ入る。L字型のカウンターの中央の席に着いた。磨かれた木のカウンターに座り心地のいい椅子だ。他に客はいない。

足元にふわっとした感触があり、見下ろすとそこには毛の長い犬がいた。中型犬より少し大きい、もさもさした犬だ。

「いらっしゃいませ」

店主と思《おぼ》しき料理人が中から出てきた。中年の白髪交じりの男性で、背がすらっと高くやせ型だ。愛想がよさそうではないが、険もなく、職人といった雰囲気を醸している。

甲元の足元に犬が来ているのは見えていないようだ。すると、お茶を運んできた女性店員が犬の存在に気づいた。

「フクコ、駄目よ。食堂の方に入っちゃ。もう、今日は何度目？」

犬はフウンと鼻を鳴らし、甲元の足元から離れない。その姿にいじらしさを感じてしまった。

「あの、いいですよ。俺、犬好きですし。他のお客さんがいないなら、ここにいても……」

「まあ、申し訳ありません。普段はこちらには入れていないんですよ。今日のメニュー、フクコの大好きな匂いがするもので、来るお客さんから離れないんです」

女性店員の苦笑いに、この犬がどの客にも同じ対応をしているのがわかった。甲元を気に入って甘えているのではないようだ。

「この店は気まぐれ営業の夜のごはん処《どころ》なんですが、今日のメニューはちょっと変わっていまして」

店主が持ってきたバスケットにはワックスペーパーが敷かれ、その上には山盛りのパイがのっている。

「今日はパイ食べ放題となっております。お好きなものをお好きなだけどうぞ」

山のようなパイに圧倒されて口を開ける甲元。

「『赤毛のアン』を読み返したら、どうしてもパイが山ほど作りたくなってしまったんです」

女性店員が取り出したのは『赤毛のアン』の本。どんな話かはだいたい知っているが、読んだことはない。彼女はパイを指さして説明する。

「これがアップルパイ、こっちがチェリーパイで形が違う方がクランベリーパイ。しょっぱいものもありますよ。ミートパイ、チキンパイ……パイはお好きですか？」

「ええ、まあ。あれば食べるというくらいですが」

「お持ち帰りもできますよ。ね、お父さん」

どうやら女性店員は店主の娘で、彼女の趣向でパイ尽くしとなったようだ。

「あ……じゃあいただいていきます」

店主の淹《い》れた熱いコーヒーとともに、全種類のパイをもらった。有名なドーナッチェーンのパイと同じくらいのサイズだ。女性店員が「たくさん食べてくださって嬉《うれ》しい」と笑顔を見せた。

「張り切ってたくさん作ってしまったんですよ。さっき、常連さんがいくつか持っていってくれたんですけど、余っちゃうかなあと心配していました」

「ずいぶん張り切りましたねえ」

そう言いながら適当にパイを摑《つか》み、ひと口頰張る。サクッという心地よい食感と、強いバターの香り。

「うまい」

フィリングに到達する前に声が出たのはパイの香ばしさと味わいに感動したからだ。

「さっき焼きあがった分なので、まだ温かいでしょう。美味《おい》しいですよね」

ふた口目でフィリングに到達した。甘く煮たさくらんぼが入っていて、懐かしい味わいだ。

ガサガサとパイ生地が零《こぼ》れ落ちないように、口を大きく開けて、三口目。咀嚼《そしゃく》すると甘酸っぱい香りとバターの風味が合わさり、とても贅沢《ぜいたく》なスイーツを食べているような気分になった。甲元はそのまま、残りのパイをばくっと全部口に入れた。

「去年、おとといだったかな。妻と子どもたちがこんなふうにたくさんパイを焼きましてね」

コーヒーをひと口すすり、甲元は記憶をたどるように呟《つぶや》いた。

「上の娘がクッキングをしたいと。幼稚園で料理体験をしたせいか、そういうことをやりたがったみたいですね。妻が具材をたくさん仕込んで、冷凍ですけどパイ生地を用意して」

「冷凍のパイシートもかなり美味しくできますよね。お子さんが包むならべとつかなくてやりやすいかも」

「妻と三人で、一生懸命包んでいましたよ。具がはみ出たり不格好なできだったけど、うまかったなあ」

あの日は日曜で、朝から三人で作っていたのを思い出す。甲元は十時くらいまで寝ていて、起きてリビングに降りていくとこんなバターのいい香りがしたのだ。

ダイニングテーブルには山盛りのパイ。それでも子どもたちはパイを包み続けているので、さらに焼くようだった。おそらくたくさん作って美麗の両親に持っていくのだろう。

昼食はこれだろうか。パイじゃ食べた気がしないなと思っていた甲元のもとに娘が駆け寄ってきた。

『パパはしょっぱいのがいいよね』

そう言って皿にのせた焼きたてのパイを差し出してくる。受け取ってひと口食べると、中にはナポリタンが入っていた。

『おもしろいでしょう。焼きそばパンからヒントを得ました』

甲元の驚いた顔を見て、子どもたちは歓声をあげ、美麗はどうだと言わんばかりの顔をしていた。

三人の作ったパイは、いちごジャムをのせたものや、チョコスプレーやアラザンでデコレーションされたもの、ナポリタンやカレー入りと変わり種もあって楽しかった。

『私はこれが一番、好き』

美麗がそう言って差し出してきたのはさくらんぼの砂糖漬けが入ったものだった。

『子どもの頃、赤毛のアンを読んでさくらんぼの砂糖漬けって素敵だなって思ったの』

『そういえば、きみはこういう瓶詰めをいくつも作ってるよね』

『ドライフルーツのラム酒漬けとか、ピクルスや梅シロップのこと？　瓶に詰めると楽しいのよね。すぐには食べられないけど、未来の自分にプレゼントしているみたいで』

乙女チックな彼女らしいと甲元は思ったものだ。

あのとき、甲元はまだ家族を裏切ってはいなかった。しかし、家族に興味があったかは微妙だった。放っておいても成立している家庭に多少の疎外感があったし、一方で妻が上手に回しているなら自分が敢《あ》えて関わらなくてもいいと考えていた。運動会や文化祭などの行事ものには顔を出しているのだし、それで充分だろうと思っていた。

どこで間違えたのだろう。

もしかして最初から間違えていたのだろうか。

美麗の顔が浮かぶ。いつも笑顔で理解のある妻だった。一方で少女趣味で幼いところのあるお嬢さんだと思ってきた。本当にそうだったのだろうか。

離婚すると言い切った美麗の顔は知らない女性の顔をしていた。いや、甲元が知らなかっただけなのかもしれない。

本来の美麗には、笑顔と同じくらい怒りも憎しみも悲しみもあったのだろう。

(人間として扱っていなかったのか、俺は)

妻の都合のいい面ばかりを切り取って見てきたのかもしれない。楽だったからだ。

甲元の人生にほどよく彩りを添えてくれ、居心地よくしてくれる存在が妻だった。

思えば彼女から育児の相談を受けたことは数えるほどだ。金がかかる際に、確認の意味合いで尋ねられることばかりだった。

彼女はもうずっと前から、金銭的な事情以外で甲元に頼るのをやめていた。

それが多忙な夫への思いやりだったのか、家庭を顧みない夫への諦めだったのか……。


「お客様」

店主に声をかけられ、ハッと顔をあげる。

「パイはいくら食べていただいてもいいのですが、こちらもよろしければ」

物足りないと思われたのだろうか。差し出された小さめのココットにはうっすら焦げ目のついたマッシュポテト。

「中にひき肉や野菜が入っています。シェパーズパイというイギリス料理です。赤毛のアンの舞台のカナダでも食べられているようですよ」

「じゃあ、いただきます」

まだお腹《なか》に余裕があるので、遠慮なくフォークをココットに差し入れる。じゃがいも料理なのだが、これもパイというらしい。

口に入れると、肉と野菜の味が口に広がる。じゃがいもと相まって、素朴なのに洒《しゃ》落《れ》たご馳《ち》走《そう》感がある。

「赤毛のアンってカナダが舞台だったんですね」

「ええ。カナダのプリンス・エドワード島です」

「赤毛のアンを読むたびにいつか行ってみたいなあって思うんですよねえ」

店主と娘の言葉に、甲元は黙った。美麗も赤毛のアンの舞台がどこかを知っていただろう。行ってみたいと彼女も言うだろうか。行こうと提案すれば喜んだに違いない。だけど、そんな未来のことすらもう話せなくなってしまった。彼女に興味を持つのがあまりに遅すぎたのだ。

「フウン」

足元でフクコという犬が鼻をひくひくさせて切なく鳴く。

「いい匂いがするもんなあ。でも、ごめんなあ」

犬に人間の食べ物をあげるわけにはいかない。娘が慌てて言う。

「すみません。フクコ、お夕飯をしっかり食べたんですけど、バターやお肉の匂いが大好きで」

フクコはもらえないとわかると、また甲元の足元に寝そべった。

ふと壁を見ると、そこにはこうあった。

【素泊まりできます。三千円（税込み）】

「これは……」

店主に向かって尋ねると、中年の店主は静かに答える。

「この上に宿泊用の部屋がひとつあるんです。どなたでもご利用いただけますよ」

「あの、そこを使わせてもらえませんか？」

勢いでそう言っていた。店主は驚いた様子もない。

「家が、この駅より結構先で……乗り換えるともう終電が……なくて……」

嘘だった。しかし、そう言わないと詮索されそうだった。

先ほどまであった、帰って美麗を説得しようという気持ちはすっかりしぼんでいた。

今から家を目指す気力はもう甲元には残っていない。

店主は何も聞き返すこともなく頷いた。考えてみれば、営業許可を取って宿を貸しているのだ、理由を詮索するわけもない。

「一応ですが、お待ちになっているご家族がいらっしゃるなら、ご連絡を入れるようお勧めしています」

「い、いないです。家族は……」

そう答えてから、胸が疼《うず》いて結局付け足した。

「待っては……いなくて……今日帰るということも伝えていない家族でして……」

詮索されたくなくて嘘をついたのに、人間とは不思議なもので相手の真摯な対応を見ると後ろ暗いことを喋《しゃべ》ってしまいたくなるのかもしれない。

「離婚を……するかもしれなくて、ですね。その話し合いに……近いうちに帰るつもりで……」

店主はさほど大きくない目を少しだけ丸く見開いた。それから静かに頷く。

「お話ししたくないことを言わせてしまいましたね」

「いえ……」

「なんの慰めにもならないかもしれませんが、私は離婚経験者です」

店主は抑揚のない声で言った。本当に慰めではなく、事実を伝えただけといった感じだ。すると、娘の女性店員が横で肩をすくめた。

「うちの母、私と父を置いて男性と逃げちゃったんです。最低でしょう」

胸がずきりと痛んだ。最低という言葉がそのまま自分に向けられたように感じられたのだ。

「こら、成《なる》」

店主が娘の無遠慮な言動を制し、それから甲元に向き直った。

「失礼しました。これからお部屋の準備をしますので、しばらくお待ちください。お代は今頂戴してもよろしいでしょうか。明日は、こちらにお声かけは不要ですので、お好きな時間に出発してください」


そうして通されたのは店の二階にある六畳の和室だった。古めかしい部屋だったが、綺麗《きれい》に清掃されてあり、かえってレトロで趣深い。

「トイレとお風呂は隣です。タオルなんかも自由にお使いくださいね。……あら」

気づけば甲元の足元にはフクコがいる。甲元と女性店員について上ってきたようだ。

「すみません。お客様からいい匂いがするから、ついてきちゃったみたいです」

「現金だなあ」

フクコは甲元よりも先に布団に乗り、舌を出してハッハッと笑顔だ。厳密には笑顔ではないのかもしれないけれど、得意げに笑っているように見える。成という女性店員がどかそうとしても、フクコは動こうとしない。

甲元はフクコに話しかける。

「一晩ここにいるかい？　……俺は気になりませんがどうでしょう」

「本当ですか？　それじゃあお願いします。出て行こうと思ったらおそらく自分でふすまを開けて出て行くと思います。犬と猫が通れる通路があって、私と父の住まいに繋《つな》がっていますので」

成はそう説明して出て行った。

風呂を使わせてもらい、備え付けの浴衣《ゆかた》に着替えて横になった。フクコはすかさず甲元の隣にやってきて寝そべる。

「風呂入ったのに、まだ俺からいい匂いがするか？」

フクコはペロリと自分の鼻を舐《な》め、それから丹念に自分の前足を舐め始めた。眠たそうな様子だ。

子どもの頃飼っていた雑種犬を思い出す。親戚の家で生まれた子犬を一匹もらい、家族で育てた。甲元が十七歳の年まで生きてくれた。だから犬は好きだ。

美麗と結婚し、犬を飼おうかと相談したことがある。しかし、美麗は犬アレルギーだった。犬は大好きだけど、一緒にいると鼻水が止まらなくなるそうだ。息子も美麗と同じ体質で、犬を飼うのを諦めたのだった。

今思えば、美麗と息子がアレルギーを持っていなくても、犬を飼わなくてよかった。きっと自分は蔑《ないがし》ろにしてしまっただろうから。妻と子にそうしたように。都合のいいときだけかまって『犬がいること』に満足してしまっただろう。

愛情の持続性について考えれば、持続はするのだと答えられる。妻子に愛情がなくなったわけではないのだ。ただ甘えすぎた。花だって水を与えなければ枯れてしまうのに、何もしないで元気に綺麗に咲いていてほしいと願うのは傲慢だ。さらに見ていることちらを慰めてくれと求めるのはひどい話だ。自分のしてきたことはそういうこと。

不倫を最低だと言った成という女性店員の顔、そして妻に捨てられた店主の顔を思い出し、それが美麗と子どもたちに重なった。

裏切られた方の傷など、自分は考えもしなかった。ただ、いい思いをするのに必死で、それを正当化するのに必死だった。傷は消えないのだと店主親子を見て痛感した。

「おまえ、あったかいなあ」

寄り添うフクコに向き直り、その背中を撫《な》でた。フクコの温度は心地よい家庭のぬくもりに感じられた。背中を向けたのは自分だった。それなのに、今更保身のために家族をさらに傷つけようとしている。

「もうやめよう」

美麗を愛している。子どもたちを愛している。

だけど、それは甲元ひとりの感情。彼らと通じ合った感情ではもうない。

甲元が愛を伝える最後の手段は、妻の離婚の申し出に応えることだけだろう。謝罪をし、金銭面の補償をし、彼らの前から姿を消すことだろう。

「馬鹿だったなぁ……」

いっときの享楽と、自分が高みにいると勘違いしたツケは大きい。これから何年もかけてそのツケを払っていくのだ。

目尻ににじんだ涙をぬぐうより先に甲元には眠りが訪れていた。久しぶりに安らかな眠りだった。

＊＊＊＊＊

昼下がりのふくふく書房、客は誰もいなかった。

元より常に大繁盛という店ではない。路地裏の古い書店は、駅の近くに唯一ある書店として常連客によって支えられている。

成は外に出ている週刊誌の棚を整理しながら、中腰になって疲れた腰を伸ばした。二十歳《はたち》の成とて、長時間中腰でいれば痛くもなる。

上半身を動かして腰をねじるとまた棚の整理だ。

(この議員さんも、終わりかしら)

週刊誌の見出しには日方優子という衆議院議員の疑惑がずらりと並んでいる。確かひと月ほど前に妻子ある男性との不倫疑惑が報じられ、そこから芋づる式にあれこれ取りざたされている。不倫やホスト遊びのスキャンダルだけでなく、政治資金収支報告書の不記載など追及されることが目白押しのようだ。最初は否定しだんまりを決め込んでいたが、お金絡みの追及からは逃れられないだろうと、ネットニュースでも報じられていた。

(悪いことってできないもんねえ)

それは幾分、成の希望も入っていた。悪いことをして、誰かを傷つけて、幸せになれるなんて思わないでほしい。誰かを踏みつけた上に幸せの花は咲かない。

「すみません」

不意に声をかけられ、成は振り向いた。そこには三十歳前後と思しき女性がいた。

ややふくよかな体型で、茶色い髪の毛は美しいウェーブがかかっている。全体的に優しい雰囲気の愛らしい女性である。

「こちらがふくふく書房さんですか」

「はい。いらっしゃいませ」

「夜、ごはん処をやっていらっしゃる？」

「はい、そうですよ！」

常連の誰かから聞いたのだろうか。すると彼女は紙袋を差し出してきた。

「ひと月ほど前、主人がお世話になりました。たくさんパイをご馳走になって、宿泊もさせてもらった、と」

「ええと、ああ！　パイのサービスデーの日にお見えになったお客様ですね」

不健康そうにやつれた男の姿を思い出す。顔色が悪かったけれど、パイはたくさん食べてくれたし、フクコがとてもなついていた。

フクコが人にべったりくっつくときは、その人の寂しさを感じるときだ。そういえば、彼は離婚するかもしれないと言っていた。

「これはなんでしょう」

成は紙袋を受け取り、中を覗《のぞ》き込む。瓶に入った何かが見える。フルーツだろうか。

「自家製のさくらんぼの砂糖漬けです。主人が……離婚したので元主人なんですが、きみの砂糖漬けがよく合いそうなパイだったと言っていたので、お礼方々《かたがた》」

「いいんですか？　もらっちゃって！」

成は反射的にそう答えてから、まずは離婚したという彼女の心中を慮《おもんぱか》るべきだったと反省した。美味しそうな自家製の砂糖漬けに喜ぶより先に言うべきことがあった。

「あの、色々と大変な中、お気遣いありがとうございます」

彼女はふっと優しく微笑《ほほえ》んだ。

「いいえ。彼は、実家に戻ってそちらで仕事をするそうです。月に一度、子どもたちに会うために上京するので、そのときにこちらが開いていたらお邪魔したいと言っていました。犬のフクコちゃんにもよろしく伝えてほしい、と」

彼女は彼の代わりにそう告げにきたようだ。

成には、目の前にいる彼女とこの前の男性がどういう経緯《いきさつ》で離婚したのかわからない。

こんな優しそうな奥さんがいて、子どももいて、どうして別れてしまったのか。

しかし、彼女の穏やかな笑顔は、けっして不幸には見えなかった。寂しそうでもなかった。

「それでは、失礼します」

そう言って上品にお辞儀をした彼女を見送り、成はぼんやり考えた。

世の中はわからないことだらけだ。不幸に見えなくても彼女の心には傷があるだろうし、去っていった彼の心にも傷があるのだろう。

笑顔で書店とごはん処を営む父と成の心にも深い傷はある。去っていった母の心にはどうだろう。

わからないと成は思った。

見栄《みえ》っ張《ば》りバニティー・ケーキ

綾瀬果凛《あやせかりん》は日常を六十点から七十点くらいで過ごしたいと思っている。

それはテストの点数ではなく、普通より少しいい感じの毎日を送りたいという意味だ。朝の電車で運よく座れる、授業で教師にさされずに済む、同じグループの女子と話が弾む、体育のマラソンが雨でなくなる。そんなことでいい。

五十点ではきっと毎日が退屈だ。でも八十点だとよすぎる気がする。いいことが多ければ多いほど悪目立ちするし、その分足を引っ張るヤツも出てくる。

果凛は誰とも争いたくないし、嫉妬もされたくない。

高校生活は目立たず平和にいきたい。ちょっといいことの繰り返しの毎日がいい。

だから今朝、同じグループの上田真琴《うえだまこと》に怒鳴られたときは面食らってしまった。

「果凛のせいだからね！」

真琴は半泣きで怒っている。隣には同じグループの千佳《ちか》と友里亜《ゆりあ》と冴子《さえこ》。千佳が真琴の背をよしよしと撫《な》でている。

「ごめ……え？　なんのこと？」

理解する前に謝ってしまったのは、真琴の勢いに圧《お》されたからだ。

「クラスのグループタイムラインにあげた写真だよ！　真琴がショウくんと写ってるヤツあげちゃったでしょ」

「あれをシンヤくんが見ちゃったんだよ」

千佳と友里亜の非難がましい声。果凜は混乱しながらも、友人たちの説明を聞いて事態が呑《の》み込めた。

先日、彼女たちと学校帰りにカラオケに行った。そこで知り合った近くの学校の男子とそのままゲームセンターで遊んだのだ。写真を撮って、メッセージアプリのＩＤを交換した。

果凜はあまり気乗りしなかったが、そういう流れになってしまったために、輪を乱さずに参加した。

相手は果凜たちの通う学校より偏差値が十ほど高い進学校の男子だ。仲良くなっておいて損はないのかもしれないが……。

果凜は調子を合わせるためにカメラマンに徹した。真琴たちに求められるままにスマホのカメラで撮影し、真琴に言われるまま、メッセージアプリのクラスグループにアップした。

このグループはアプリをやっているクラスメイトは全員入っていて、誰もが日常を適当に呟《つぶや》き、SNS的な使い方をしている。

真琴はここで他校の男子たちと遊んでいる姿を自慢したかったのだろう。

果凜がいるのはクラスでは二番手程度の女子グループだ。トップグループの女子は、社会人の彼氏がいたり、パパ活をしていたりなんて噂《うわさ》がある派手な子たち。真琴は彼女たちに負けたくなかったのかもしれない。

しかし、果凜があげた写真の中に真琴とそのショウくんなる他校男子が仲良く寄り添っている姿があったのだ。そして、それが隣のクラスにいる真琴の彼氏・シンヤにバレてしまったという……。

「全部写真あげてって言ったの、真琴だよ。変な写りのだけ外してって言ったから、それは外したし」

「だからって、ショウくんとのツーショはまずいって言わなくてもわかるでしょ。シンヤ、キレちゃってすごい喧嘩《けんか》になったんだから」

真琴は泣いている。果凜は仏頂面で押し黙った。

そもそも彼氏持ちなのに、他校の男子と遊んで誤解されそうなくらいベタベタしていた真琴が悪いのではなかろうか。写真だって、自分たちのグループだけで共有すればよかったのに、クラスのグループに自慢げにアップさせるからこうなるのだ。

真琴とシンヤが付き合っているのを知っている人は多く、クラスの誰かがシンヤに告げ口したっておかしくはない。

（私がそこまで配慮しなきゃいけなかったの？）

しかし、この流れだとそうなのだろう。そして、確かにもう少し気を遣ってあげればよかったという罪悪感が、果凜の中にもあったのは間違いなかった。

「……ごめん。私がもっと気をつけていればよかった」

「ごめんで済まないから。最低だよ、果凜」

真琴は泣きじゃくっている。千佳と友里亜が慰め、冴子は横で傍観といった様子。

果凜はうつむいた。どうしたらいいかわからないが、困ったことになったのはわかった。六十点から七十点の日々が脅《おびや》かされようとしている。

謝罪をし、一応真琴とは和解した格好になった。しかし、その日はろくに真琴と話さなかった。

それから、なんとなく居心地の悪い日々が始まった。グループ内で仲間外れにされているわけではない。表面上はいつも通りだ。移動教室は一緒に行くし、昼食も一緒。しかし、休み時間や放課後、話しかけにいくと彼女たちは一瞬黙る。会話を途切れさせるとでも言うのだろうか。それからすぐに元通りになるのだが、今までしていた話をしていればその中には入れてくれないし、新しい話を始めれば当たり障りのない会話にしかならない。

(悪口を言われている気がする)

すごく嫌な感覚だ。彼女たちは表立って何かを言ってはこない。あからさまに村八分にもしない。ただ、距離を取られているのが、会話や生活の端々に感じられるのだ。

一週間ほどで、真琴とシンヤはまた元通り仲良く登下校をするようになったので、喧嘩は終わったらしい。しかし、果凜がグループ内で感じるうっすらとした疎外感は消えなかった。

(私が気にしすぎなのかもしれない)

果凜はそう考えるようにした。しかし、露骨に目をそらされたり、会話を遮《さえぎ》られるのが続くと鬱々としてくる。自分の存在を否定されている気がしてくる。

そして、真琴らが自分の悪口を他のクラスメイトに言っているのではないかという不安も感じ始めていた。真琴の求めだったとはいえ、クラスのグループに写真をあげたのは果凜だ。それはクラスの皆が知っている。そこに真琴が、果凜のせいで自分が彼氏と揉《も》めたと言い添えればいい。きっとあっと言う間に周囲は果凜が悪いと思いこむだろう。そして、嫌われているのにグループにつきまとっている果凜を冷めた目で見る。それはすごくみじめだ。

クラスだけではなく、他のクラスでも噂になれば、部活だっていづらくなる。

どうしよう。まだ高校一年の秋なのに。

こんな些細《ささい》なことで居場所を失いかけているなんて。

毎日が嫌になった。朝、学校に行く足取りは鉛のように重く、クラスに入る瞬間はぐっと息が詰まる。真琴らに挨拶をして、自分の席につく。彼女たちがひそひそとこちらを見て何か言い、それから笑う声を聞いて指先が冷たくなる。何を話しているの？　と聞きに行けば、わざとらしくごまかすのだろうか。

昼夜問わずメッセージが更新され続けるアプリはプレッシャーでありトラウマになった。通知を切っても、未読メッセージの数がアプリの端に表示される。仕方なく開けて、クラスの動向だけおさえる。真琴たちとのグループもメッセージが更新されるので、ほどほどの相槌《あいづち》を打つが、それもスルーされている気がする。

ものすごくくたびれる。

もともと趣味が豊かな方ではないが、雑誌や漫画を読んでいても面白くないし、動画や音楽も頭に入ってこない。

勉強は毎日しているが、集中力が落ちているのを感じていた。

(勉強はしておかなきゃいけないのに)

果凜の成績は学年でトップ十番以内に入る。適度に騒いで明るい女子グループに所属し、ガリ勉タイプには絶対見せないようにしているが、この成績をキープするための努力はしているのだ。

もともと、今通う私立校はいわゆる本命校ではなかった。本命校の前に受けた滑り止め校だ。

本命校に落ちて、果凜の実力からすれば下の学校に通うことになった。だからこそ、落ちぶれるわけにはいかない。幸い有名大学に推薦枠を多く持つ学校だ。校内でいい成績をキープし、推薦をもらえれば楽に大学進学はできるだろう。もう受験の苦労とストレスはごめんだ。

落ちこぼれない、欠席しないという目標があるため、果凜は学校に通い続けた。多少居心地が悪くても、気にしている素振りを見せなければいいと自分に言い聞かせて。

朝、果凜は目覚めて伸びをした。目覚まし代わりのスマホを止め、液晶画面のメッセージアプリに数字が表示されているのを確認する。どうせ今日もクラスのグループタイムラインにはどうでもいい内容が並んでいるのだろう。

実際そうだったのだが、真琴たちとのグループも会話が更新されていた。開いて、どくんと心臓が嫌な音をたてた。

【果凜いなくね？】

【会話に入ってきてないよ】

【果凜いらない子】

【わかる】

真琴らの会話だ。果凜は昨夜のこの時間眠っていて、会話に参加していない。しかし、はっきりと目につく形で悪口が残されているとは思わなかった。

冴子が【言いすぎ。やめな】と制止しているが、そのあとに明らかにふざけているとしか思えないスタンプが他のメンバーから押されている。普段はスタンプなどろくに使わないくせに、こんなときだけ嘲るようにふざけたスタンプを選んで押すあたり、悪意をまざまざと見せつけられた気分だ。

「私が何をしたって言うのよ」

果凜の心にあるのは怒りだったが、それ以上に悲しみで手が震えた。他者に存在を丸ごと否定された。仮にも仲良くしていた友人たちに。

「真琴じゃん。あの男子たちと遊ぼうって決めたのも、写真撮ってって言ったのもアップしてって言ったのも。彼氏いるのに、他の男子とイチャついてんのも、全部自分が悪いんじゃん。キショ……」

震える拳を精一杯枕に叩《たた》きつけ、この感情を怒りに変えてしまおうと思った。怒りなら闘える。強くあれる。だけど、悲しみは駄目だ。力が抜け、元気が失われてしまう。

全身にだるさを覚えた。胸が圧《お》されるように苦しい。指先や額がチリチリする。それでも果凜はベッドを降りた。トイレに行き、洗面所で顔を洗う。寝坊を理由に朝食を断り、制服に着替えて歯磨き。髪をとかし、眉と前髪を整えて家を出た。

いつも通りだったと思う。大学生の姉もキッチンにいた母も、様子が変だとは思わなかっただろう。しかし、駅に向かうにつれ足が重たくなった。

真琴たちはアプリの既読数を見て、果凜が自分たちの悪意に触れたことを知ったはずだ。今頃どんな顔をしているだろうか。今日から本格的に無視でも始めるのだろうか。

「学校、行かなきゃ」

小さく呟きながら、電車に乗った。

しかし、乗り換え駅で同じ学校の制服を見かけたら気分が悪くなった。真琴たちではないというのに。むしろ、自分だって同じ制服を着ているのに。

駅のベンチに座り、気分がマシになるのを待った。十月だが、今日は冷たい風が吹いていて、昨日よりずっと冷える。カーディガンを持ってくればよかったと思いながら身をすくませる。

いつまで経《た》っても眩暈《めまい》と気分の悪さは収まらなかった。そうこうしているうちに朝のホームルームの時間になった。

「完全に遅刻」

果凜はスマホを取り出した。スマホには欠席連絡用のアプリが入っている。基本は親が学校に送る決まりになっているが、子どもに任せている親も多いし、通知が行くこともないので勝手に送っても親にバレることはない。

欠席連絡を送り、やっと少し息が吸いやすくなった。しかし、登校してこない果凜を真琴たちが口汚くののしっている様子を思い浮かべると、また胸の奥にぐつんと詰まる感覚がよみがえってきた。そうだ。問題を先延ばしにしただけで、何も解決していない。明日はもっと学校に行きたくなくなるだろう。明後日《あさって》にはもっと。この嫌な気持ちが劇的に改善するには、果凜の前から真琴らが消えでもしない限り無理だ。

「学校辞めたいな」

呟いた言葉が重たい。辞めてどうするのだ。高校中退で何をするというのだ。

しかし、今ここにある痛みから逃げたい。束《つか》の間《ま》逃げる方法を得たところで、明日が来るのが怖いのは変わらないというのに。

果凜はのろのろとベンチから立ち上がった。移動し、家路へ続く電車に乗る。一日駅にいるわけにもいかない。

最寄《もよ》り駅に着き、家に帰ろうかと考えた。車で十分ほどの税理士事務所で事務をしている母はとっくに出かけているだろうが、大学生の姉はおそらく十時を過ぎないと家を出ない。朝から登校するのは月曜と木曜。そうでない日は二限や三限くらいからのんびり行くのだ。

家に帰ればサボりがバレる。姉は味方になってくれる前に母に言うだろう。告げ口というよりは、『果凜、何かあったかも』という相談だ。第一志望校に落ちたことも含め、姉は果凜を難しい年ごろとして扱う。……家族全員がそうかもしれない。

古い商店街だがそれなりに人がいた。日中は近くの団地の高齢者がこのあたりに出

てくるようだ。小さな商店はあるし、彼らには遠くのスーパーやホームセンターより
この商店街の方が便利なのだろう。
コンビニで何か買って公園にでも行こうか。いや、どこかもっと時間をつぶせると
ころはないだろうか。制服姿の果凜を見咎《みとが》める人はいないのに、果凜本人はサボって
しまった罪悪感から挙動不審だ。
きょろきょろとしていると、商店街の遠くに姉らしき姿が見えた。あのジャケット、
間違いない。姉だ。時間はまだ早いけれど、学校に行くために駅に向かっているのだ。
コンビニだと鉢合わせする可能性がある。とにかく姿を隠さなければ。
果凜は咄嗟《とっさ》に路地に入った。奥へ少し進み、壁に張り付いて姉をやり過ごした。ふ
うと息をつく。これで家に帰れる。しかし、忘れ物だなんだと戻ってこられてはたま
らないから、もう少し経ったらにしよう。
ふと顔をあげると、正面に書店があった。
いや、正確に言えばここに小さな書店があるのは知っていた。果凜が幼い頃はおじ
いさんがひとりでやっていた。小学生くらいからは、その息子と思《おぼ》しき男性が営むよ
うになった店だ。
たまに漫画や文房具を買いに来たことがあるが、本が欲しいときはだいたい両親と

車でショッピングモールに行ってそこで買っていた。だから、地元の店というだけで格別親しみはない。

(最後に来たのって、去年、息抜きに雑誌を立ち読みしたときだ)

受験の疲れから逃げたくて商店街をぶらぶらしているときに、ここの軒先で雑誌を立ち読みした。

日中来ればいつも開いているイメージだったが、今日はシャッターが下り、閉まっている。十時過ぎだ。定休日なのかもしれない。

すると、書店の横の狭い通路から女性が出てきた。果凜よりいくつか年上だろうか。

「申し訳ありません。今日は臨時休業なんですよ」

女性は申し訳なさそうに声をかけてくる。店の前に突っ立っていたせいだ。客と勘違いされたらしい。

「あ、ええ、と、いえ、大丈夫」

声はつっかかってかすれた。おどおどと焦った様子を見せて、変な学生だと思われただろう。

普段はずる休みをしない果凜は、今の状況にことさら罪悪感を覚えていた。

「今日は学校、お休みですか?」

女性店員は愛想よく尋ねてくる。果凜は発作的にぶんぶんと縦に頭を振って頷《うなず》いた。そうだ、学校は休みということにしよう。私立校には独自の休みの日も多いし、誰にもわかるまい。

「よろしければ、中で本をご覧になりますか。あ、私、店主の娘なので。せっかく来ていただいたのに、申し訳ないから」

「いいえ、大丈夫です！」

「じゃあ、中でお茶でも飲みますか？　実はこれからおやつを試作するんです。味見してくれたら嬉《うれ》しいんですが」

人懐っこい人のようで、ぐいぐい誘ってくる。果凜は若干引きつつ、彼女の裏表のなさそうな瞳に見つめられ狼狽《ろうばい》した。おそるおそる視線を重ねて返す。

そこで初めて、最近、誰とも目が合っていなかったと気づいた。真琴らとはもちろん、家族ともだ。それは果凜が目をそらしていたせいか、周りが目をそらしていたせいか。

「あ、怪しいですよね。急に書店の店員におやつの味見を頼まれても。意味、わかんないですよね」

慌てたように言う彼女に、思わず頬が緩み、変な顔で笑ってしまった。

「時間を……つぶしたかったので……お邪魔します……」

消え入るような声で果凜はそう答えていた。

女性店員が出てきたのは右側の細い路地。鉄製のドアから中に入るとそこは書店の倉庫と控室のようだった。上がり框《がまち》に階段もあり、二階は居住スペースなのかもしれない。

「こっちが自宅玄関なんです。あとふたつ入口があるんですよ」

彼女はそう言いながら、書店へ繋《つな》がる戸を開けた。

薄暗い店内は子どもの頃から何度か来たことがある場所だ。しかし、右手を見て驚いた。書店のどん詰まりには書架があったはずだ。それが今は、横にぞろりと動かされていて、二畳ほどのスペースができている。さらにその先を見れば、開け放たれた引き戸の向こうにカウンターとキッチン。食堂がそこにあった。

「え、え？　ここは……」

「へへ、実はこのふくふく書房の奥には夜だけ開くごはん屋さんがあるんですよ」

女性が誇らしげに説明する。

「子どもの頃からこの近所に住んでいますが、知りませんでした」

「ごはん処《どころ》は九年目ですね。私が十一歳の年からやっています。綺麗《きれい》に改装したのは私が手伝えるようになった二年前から。営業時間が二十二時からなんですよ。毎日はやっていないし、お客さんみたいな高校生は知らなくて当然かも」

彼女は言い、エプロンをささっと身に着けた。カウンターの向こうのキッチンに入ると手を洗う。

「申し遅れました。店主の娘の四藤成《しとうなる》です」

「えと、綾瀬果凜です。高一です」

「どうぞ、座ってください。お休みの日に、私のおやつ作りに付き合ってくれてありがとうございます」

カウンターの席に座ろうとして、驚いた。席には丸々とした白猫がいたのだ。なんともふっくらとした貫禄《かんろく》のある佇《たたず》まいだ。

「父にはこっちに入れちゃ駄目と言われているんですが、私ひとりだと客席まで入ってきちゃうんです。あ、厨房《ちゅうぼう》には絶対入れませんよ！　カウンターにも乗せません」

見れば果凜の足元には大きな茶色の犬までいる。おそらく中型犬程度のサイズなのだが、もさっとした毛並みでひと回り大きく見える。

「撫でてもいいですか？」

「どうぞ、どうぞ。猫の大福《だいふく》はちょっと気難しいですが、犬のフクコは気さくなおばあちゃんですから」

果凜はしゃがみこみ、こちらを見て鼻をふんふんと動かすフクコという犬を撫でた。見た目より硬い毛だが、指に触れる下毛は柔らかい。撫でると気持ちよさそうに鼻をひくつかせるので何度も撫でた。動物に触れたのは久しぶりだ。子どもの頃はインコを飼っていたが、果凜が中学に上がる前に死んでしまった。

「あったかい」

フクコのぬくもりに身体《からだ》のこわばりが取れていく。アニマルセラピーというものがあるらしいが、この感覚がそうだろうか。すると、ずしりと肩に重みが加わった。

カウンターの椅子にいた大福という猫がしゃがみこむ果凜の肩に乗ったのだ。まるで『こっちも見ろ』と言わんばかりに。

「こーら、大福。……果凜さん、どかしちゃっていいですからね」

成は卵を泡立て器で混ぜている最中で、手が離せそうにない。果凜は肩から肩甲骨のあたりで絶妙にバランスを取っている大きな白猫をどうにか手をのばして摑《つか》む。もちもちした身体を降ろすと、大福が「なあ」と低く鳴いた。

しばらくして、ジュッという油で何かを揚げる音が聞こえ始めた。

果凛は大福を抱いたまま、カウンターの椅子に腰掛けた。足元ではフクコが場所をずらし、果凛の脛《すね》あたりに背中をくっつけて足の甲に身体を乗せて休みだした。

「果凛さん、うちの犬猫にモテモテ」

「なんか嬉しいです。……作ってるのはドーナツですか？」

「ちょっと違います。できてからのお楽しみ。といっても、試作なので失敗したらごめんなさいね」

成は緩い生地をスプーンでぽんぽんと油の中に落としていく。

果凛は伸びあがって、揚げ油の鍋を覗《のぞ》き込んだ。しばらく見ていると油に落とした生地が浮かび上がり膨れるのが見えた。

「面白い……」

「実はこれ、試作二回目なんです。一回目はあまり軽く仕上がらなかったんですよ」

「ちょっと天ぷらみたいですね」

「小麦粉と卵が中心だから似てるかもしれないですねぇ。今日作っているのはローラのお母さんのバニティー・ケーキ。『大草原の小さな家』って本、知ってますか？」

そう言って成が本をカウンターに置く。果凛は本を手に取ってみたが、装丁だけ眺め、開かずに戻した。

「子どもの頃、読んだかもしれないです」

あまり覚えていないが、小学生時代にこういった名作シリーズは子ども用文庫でだいたい読んだ。

「この本に出てくるんですよ。私、子どもの頃から本が好きで。父が元料理人だから、本の中に出てくる料理を再現してもらっていたんです。今は私も再現レシピを作ってます。うまくできたものは、定食のおまけのデザートにつけたり」

へえ、と果凜は頷いた。

成というこの人は、家業を手伝っているのだろうか。学生ではない様子だ。先ほどの話だと年齢は二十だ。

（ラクそうだな……）

果凜はぼんやりそう思った。

自宅で親の仕事を手伝いながら、趣味も突き詰められて。そんな毎日はきっと気楽だろう。責任のない幸せな世界だ。

（私とは違う）

果凜の毎日は違う。滑り止めだった学校に通い、自分の立ち位置を確立するためにそこそこの女子たちとグループを形成する。仲間たちに合わせて興味のないコンテンツに親しみ、彼女たちの虚栄心や承認欲求に付き合ってSNSでキラキラな日々を発信する。息苦しくて馬鹿らしくてもそんなことは口にできない。そして、失敗すれば今のように立場を失うのだ。

今日果凜はそこから逃げ出した。明日からどうすればいいかもわからないまま。

「できました。どうぞ、味見を！」

果凜の目の前に置かれたのはいびつな丸い揚げ菓子に、粉糖がたっぷりまぶされたもの。

「本当は冷ましてからの方が粉糖の付きがいいんですけど、熱々を食べてほしいのでそのままふりかけちゃいました」

食堂内は揚げもののいい香りがする。目の前の皿から甘く香ばしい香りが立ち上り、ぐうとお腹《なか》が鳴った。今朝は嫌な気分で朝食を食べられず、遅刻しそうと理由をつけてそのまま家を出たのだった。

フォークで突き刺してみると、見た目以上に軽い感触がする。中身がぎちぎちに詰まっているのではなく生地に隙間があるようだ。

「うっ、あつ！」

唇にくっつけて熱くて声を上げてしまった。子どもみたいで恥ずかしい。ふうふうと息を吹きかけて慎重にかじった。ぽしゅっという噛み心地とともに軽い生地がつぶれた。ドーナツよりずっと軽いけれど、シュークリームの皮のように薄くはない。

熱さに口をあけつつ、噛み締めれば、素朴な旨味《うまみ》にじんわりと懐かしさがこみあげてくる。

「形はいびつだし、もう少し軽く仕上げたいけれど、味はなかなか。一応、成功かな？」

成も自分で食べてみて、頷いている。

「バニティーって見栄っ張りって意味があるんですよ。ぷうって膨れたケーキなのに、中身はスカスカだから」

「皮肉っぽいですね」

「そうそう。確か、皮肉が込められていたはず。物語では」

そう言って成が次のバニティー・ケーキを頬張る。果凜ももうひとつ取って口にぽいと入れた。最初のひとつめほど熱くないし、ドーナツより軽い食感が楽しい。胃が動き出したせいか、もっと食べたい気持ちになってきた。

「どんどん食べてくださいね」

成が熱い紅茶を淹《い》れて目の前に置いてくれる。笑顔で勧めてくるので、果凜は立て続けに五つ、バニティー・ケーキをお腹におさめた。甘くて美味《おい》しくて、すいすい入っていった。

「……本当は、学校サボっちゃったんです」

空腹が満たされ、少し落ち着いたところで、果凜はティーカップを手にしてぼそっと告白した。誰かに聞いてほしかったのかもしれない。

「なんか友達っていうのか、女子のグループでハブられ気味になっちゃって」

成はじっと果凜の目を見つめて、話を聞いている。

「クラスメイトが見ているトークアプリで、あげちゃいけない写真を私があげちゃって。あげてって向こうの指示？　みたいな感じだったんですけど、私ももう少し考えればよかったなって」

ぽつぽつと話しながら、すごくみじめな気持ちになってきた。仲間内で嫌われているなんて悲しい話、本当はしたくなかった。だけど、誰にも言わないでいるのも、ものすごく切なかった。理解者が欲しかった。

「でも、怒ってる友達……友達ともう言いたくないんですけど、自分の悪いとこ全部棚に上げて私を叩くんですよ。表面上は一応仲間のふりしながら、裏でめちゃくちゃ悪口言ってるっぽいんです。で、仲間うちのメッセージでもそういうのが見え始めて……学校行くの……嫌になっちゃって」

「果凜さん、嫌な目にあいましたね」

成が落ち着いた声で言った。

「私は果凜さんの意見しか聞いていないので、どっちがどうとかはわからないです。でも、仲間の悪口を言う人はよくないなって思いますよ」

ポットに新たなお湯を注ぎながら成は続ける。

「学校に行きたくないって思わせるほど、人を嫌な気持ちにさせたら、それはもう悪意があるんじゃないかなあ」

果凜はうつむいた。目の前の彼女が一方的に味方をするのではなく、とても冷静に果凜の今の状況を言い当ててくれて嬉しかったのだ。今更ながら悔しさが湧き、涙がにじんでくる。

「自分が悪いかもって一瞬でも思ったから、謝っちゃったんです。そうしたら、向こうが正しい感じになっちゃった。でも、向こうが悪い部分は絶対あるのに、私は……謝ってもらってない」

一方的に責められ、悪者にされ、仲間内で密《ひそ》かに虐げられるのはつらかった。

「怒るのって結構瞬発力いるんですよね。咄嗟に怒れなくて謝っちゃった気持ち、わかるなあ。私もばばっと怒れないほうです。あとあと、『あれ、あのときのって怒っておくべきだった？』ってなるんです」

成は続ける。

「果凜さんは果凜さんの人間性を傷つけられてる。それは誰が誰に対してもしていいことじゃない」

「明日、学校行きたくないなって思ってます」

呟いたらとうとう涙がぽとんと落っこちた。いつまでも膝からどかない大福の背中で涙がはじけた。

「サボっちゃってもいいんじゃないですか？」

成が軽い口調で言ってから、眉を八の字にして苦笑いした。

「ごめんなさい。私が言っちゃいけないですね。私は長く学校に行けなかった子だから」

「え？」

「不登校でした。小学三年生くらいからずっと。高校も入ったけど中退してしまって、通信制の高校をこの春に卒業したんですよ」

成はなんでもないことのように話す。

「やっぱり嫌なことがあったんですか?」

聞き返していいものかどうかわからなかったが、果凜は尋ねた。成は緩く横に首を振る。

「たぶんいくつか理由があったんですけど、これっていう決定打はわからないですね。ただ、学校に行けなかった。行こうとすると足がすくんでしまう。教室は居心地が悪くて、ずっと気分が悪かった。それは本当です」

過去のつらい経験を語る成は笑顔だった。

「何度も学校に行こうとして行けなかった。行けなかった事実は受け止めているんですけど、どうしても後悔が消えないんです」

「後悔……」

「『逃げてしまった』『うまくできなかった』そういう自分にしかわからない後悔です。誰に責められるわけでもないのに、不思議ですよね」

成はそう言って、果凜をあらためて見た。

「だから私は、学校は行ったほうがいいとも行かなくていいよとも言えないんです。自分でもまだ整理がついていないから。これから時間をかけて、あの頃の自分を認めてあげられるようになりたい。不登校だった私を、まだ自分が認められていないんです。認められたら、次に進む道が見えてくるかもしれない」

進む道が見えてこない状況で、成は今笑顔で生きているのだ。

果凜は成の言葉にうつむいた。ラクそうに生きているなんて、どうして簡単に思えたのだろう。

こうして少し話を聞くだけで、ひとりの人間には様々な思いと経験が詰まっているというのに。

成が果凜のティーカップに新たな紅茶を注いだ。

「でも、果凜さん、傷ついたなら闘ってもいいし、逃げてもいいと思います。どっちを選択しても正解だと思います」

「闘うって、グループの子らに文句でも言えばいいんですか？　クラスで余計に居場所がなくなっちゃう。逃げて学校に行かなくなったら、私も中退です」

そう言って、成の前であまりに無神経な言い方をしてしまったとハッとした。しかし、成は一切気にしていないようだ。

「現状維持も逃げのひとつかもしれません。その嫌なお仲間に話を合わせて、クラスが離れるまで待つのも作戦かも。でも、果凜さんの心を守れるかはわからない」

果凜は唇を噛みしめた。やはり八方ふさがりだ。

「果凜さんの前に道はたくさんある。それだけ覚えていてもらえればいいですよ」

上手に説明できない、そう言って成は微笑《ほほえ》んだ。

「そうだ。学校が嫌な日は、ここへ来るのはどうですか。たまに昼もお茶をするんですよ。外にベンチを出して。団地のおばあちゃんとかおじいちゃんが父と一緒にティータイムを楽しんでいます」

「私がそこに加わるんですか？」

「そう。私と大福とフクコとお茶を飲みましょう」

その誘いはなんだかとてもあたたかかった。解決案ではないけれど、安心できる言葉だった。居場所の提示だった。果凜はようやく表情を緩め、そして頷く。

「ありがとうございます」


成とふたりでバニティー・ケーキを平らげ、お茶を三杯飲んで外に出るとすでに時刻は十二時を回っていた。

お腹が満たされ、眠気が湧いてくる。

朝はぴりぴりに張り詰めていたのに、今はのんきに眠くなるなんて。

「明日は学校に行ってみよう」

何も真琴たちと過ごさなくてもいい。ひとりでもいいし、休み時間のたびに所属する英会話部の部室に逃げてもいい。部員の何人かは昼休みに狭い部室で昼食を食べていると聞いた。そこに交ぜてもらってもいいかもしれない。

クラスでひとりきりでいるのは寂しいと思っていたし、みじめだと思っていた。だけど、今の自分の方がみじめだ。友だちのふりをした嫌な人たちに馬鹿にされながら一緒にいる方が可哀想《かわいそう》だ。

(私はスカスカの見栄っ張りじゃない。自分がある)

軽い食感の見栄っ張りケーキはたった今、食べてなくしてやった。消化され、果凜の栄養になる。

(もう合わせるの、やめよう)

興味のない動画や雑誌、流行《はや》りの曲にアーティスト。他校の男子に、クラスのヒエラルキー。

半年以上無理をしてきた。それがわかったのだからいいじゃないか。

学校に通うのがやっぱりつらかったら、そこからまた考えよう。

路地から商店街のメイン通りに出たところでスマホにメッセージが来ているのに気づいた。グループの通知は切っているが、個人からのメッセージは通知が来る設定になっている。

「あれ、冴子だ」

同じグループの冴子からのメッセージだ。

【今、どこ？　果凜の家の駅にきてる】

驚いて駅の方まで足早に進むと、駅前の植え込みに腰掛けてコーヒー牛乳を飲んでいる冴子がいた。

「冴子、どうした？　学校は？」

「果凜こそ、どうしたよ。あんたが来ないから早退した」

冴子は心配しているというより、ぶすっとした顔だ。

「いや、なんかさ……」

制服姿でサボっているのを見られるとなんとも言い訳しづらい。困っている果凜に、立ち上がった冴子が突然頭を下げた。

「果凜、ごめん」

「え、なになになに」

「ずっと真琴たちに嫌なことされてたのに、止めらんなくてごめん」

果凜は思い出す。ここ半月ほどの真琴とのトラブルのとき、冴子だけは一歩引いて様子を見ているようではあった。今朝のメッセージも【言いすぎ】だと言ったのは冴子だった。

「発端の写真、真琴がアップしてってって言ったよね。果凜が撮ったの全部って言ったのも真琴だし、そもそも彼氏いるのに他の男と引っ付いてた真琴がおかしいでしょ」

「冴子」

「おかしいってわかってたのに、ちゃんと言わなかった。果凜だけ悪者にさせてた。本当にごめん」

「それで学校をサボって会いにきてくれたの？」

冴子はこくんと頷いた。果凜は胸がぐっと詰まって泣きそうになるのをなんとかこらえた。味方はそばにいたのだ。

「果凜、もう真琴たちから離れよ。私といっしょにグループ抜けよ」

「そんなことしたら冴子まで陰口叩かれるよ」

「いいよ。つうか、真琴たち悪口多いからすごく疲れる。千佳と中学から友達だから、流れで一緒にいたけど、もういいや」

冴子の提案はありがたすぎるものだった。ひとりで闘うと決めたつもりでいた果凜に、思わぬ形で援軍が現れたのだ。

「ありがとう、冴子。ひとりで真琴たちと縁を切るつもりだったから、心強い」

「本当にごめん。果凜を傷つけたのは私も同罪」

冴子の謝罪に、果凜は彼女の腕に触れた。

「私も同じ立場だったらやってたかも。真琴怖いもん。でも、もう怖くないや」

明日はきっと元気に学校に行ける。そう思うと、鉛のように重かった身体が軽くなっていった。

＊＊＊＊＊

「果凜さん、お久しぶり」

夕方のふくふく書房、レジに参考書をどさりと置いたのは果凜だ。一緒にバニティー・ケーキを食べたあの日からひと月ぶりくらいだろうか。

「成さん、こんばんは。おかげさまでここにお茶をしに来ないで済んでます。……こんな言い方よくないか」

果凜は、はれやかな表情でそう言う。あの日、長く顔に垂れていた髪はすっきりとポニーテールに結ばれている。

「いえいえ、学校に行きたくない日がないってことだからいいじゃないですか〜」

成は明るく答え、参考書をレジに通す。

果凜は他にレジに来る人がいないか確かめてから、簡単にここひと月のことを報告してくれた。嫌なことを言う子たちからは離れたそうだ。同じように考えていた友人と、他の女の子たちと過ごしているから不自由はないと言う。以前は放課後に遊びに誘われるためサボりがちだった部活動にも参加できているらしい。

「考えてみたら、その嫌な子の機嫌を取っていた部分があったのかも。怒ると面倒だから。そういうのやめたらラクになりました。高校に入ってやっと自分の生活のペースが見えてきたのかな」

「うんうん。本当によかったですねえ。でも、また今度、よければお菓子の試食に来てくださいね。日曜とか、お暇なとき」

「いいんですか？　夜のごはん屋さんは私にはまだ来られる時間じゃないなって思ってたんで、嬉しいです」

「よければ、次の日曜の夕方なんてどうでしょう。ハリー・ポッターのバタービールを再現したくて」

「わあ、絶対に行きます」

果凜ははしゃいだ声で約束し、足取りも軽く参考書を手に帰っていった。

ガラスの引き戸の向こう、果凜の背を見送りながら成は感慨深い気持ちだった。

果凜は学校に戻った。自分の居場所を見つけられたのだ。

自分にはできなかったことに、まだどうしても胸が疼《うず》く。

(バニティー・ケーキ、また作ろう)

父が最初にあのケーキを作ってくれたのは成が小学生の頃だった。母が家を出て行ったばかりの頃、父は一生懸命だった。成が寂しくないようにいろんなことをしてくれた。

(上手にできたものを、お父さんにも食べさせてあげなきゃ)

あたたかな記憶が、今も成を支えている。

クマさんのホワイトシチュー

「こんばんは」

黒江今日子《くろえきょうこ》は暖簾《のれん》をくぐり、声をかけながらふくふく書房の引き戸を開けた。

ここで声をかけても食堂は奥にあるので、聞こえないかもしれない。しかし、戸が開く音で、看板娘の成《なる》が出てきた。

「黒江さん、いらっしゃいませ。大阪から戻ってきたところですか？」

「そうよ。家に寄らずに真っすぐここに来ちゃった。はい、これお土産」

「わ、たこ焼き味のパイ。これ好き」

箱を受け取って成が嬉《うれ》しそうな声をあげた。

今日子はこの店の常連だ。食堂が開店した頃から通っているので、最古参のひとりだろう。

いつものように書籍がずらりと並ぶ棚の間を通り抜け、食堂へ向かう。書店と食堂の継ぎ目のスペースでフクコが顔をあげ、今日子を見つけた。あからさまに嬉しそうに口を開けて舌を見せ、尻尾を振るフクコ。今日子はかがみこんで、その顔をわしゃわしゃと無遠慮に撫《な》でた。

「黒江さん、今日はピカタ定食です。いいですか？」

「あ〜、好き好き。お願いします」

フクコは食堂に入れない。食後にまた撫でる約束をして、今日子は用意された席についた。白木のカウンター席には今日子だけだ。その向こうにはふくふく書房の店主であり、料理人の四藤夏郎《しとうなつろう》がいる。

「四藤さん、こんばんは」

「黒江さん、こんばんは。いらっしゃいませ」

不愛想な店主だが、それは不器用なのが理由であって、心の優しい人であると今日子は知っている。

「長旅お疲れ様でした。紅葉《もみじ》さん、寂しがっていたんじゃないですか？」

「いやいや、それが全然」

今日子はほんの数時間前に新大阪駅で別れた娘の顔を思い返す。

「『ママ、ちゃんとごはん食べなよ』なんて偉そうな感じでね。少しくらい甘えてくれてもいいんだけど」

「紅葉ちゃんは、黒江さんに心配かけたくないから精一杯平気な顔をしただけなんじゃないかなあ」

お茶を運んできた成が訳知り顔でそんなことを言う。

はたして、あの娘がそんなこと考えているだろうか。

ひとり娘の紅葉は、大学進学のために大阪に引っ越していった。今日子は二泊三日で引っ越しを手伝ってきた帰りだ。

「紅葉さん、特待生資格をもらったんでしょう。本当に親孝行ですよ」

夏郎に言われ、今日子はへらっと照れ笑いをした。

「学費は貯《た》めてたし、都内の大学でもいいと思ってたんだけどね。まあ、行きたい学部だったし、特待生も決まったし、成績が基準以上なら四年間学費免除だし……。うまい話だって送り出しちゃった。聞いて、学生寮ってすごく狭いのよ。あの子がまた色々荷物を持っていくから、私の布団が敷けなくてね。二晩ともシングルベッドでぎゅうぎゅうになって寝たんだから」

「親子水入らず、そういうのもいいんじゃないですか？」

夏郎が言って、冷蔵庫からバットを取り出した。フライパンを火にかけ、卵衣をつけた肉を並べていく。じゅわっといい音が聞こえた。

「まあ一緒に寝ることも、しばらくないからねえ」

今日子は湯飲みを手に、小首をかしげて呟《つぶや》いた。

＊＊＊＊＊

黒江今日子が夫と離婚を決意したのは今から十年前のこと。今日子は三十八歳で、娘の紅葉は八歳だった。

『おまえは生産性のあることをしていないだろ』

それが夫の口癖だった。妊娠を機に仕事を辞めて、専業主婦として紅葉を育てる今日子に、夫はよくそう言った。社会に貢献していない。家事と育児はラクな労働で、責任もない。夫が言いたいのはそういう意味で、口調は軽く、高圧的ではなかった。ただ何かの折につけそう言われ続けると、認知は歪《ゆが》んでいくらしい。

『私は何もできないから』

気づけば自分自身でもそう言うようになっていた。夫の言葉がそのまま自分の評価になっていた。

エンジニアの夫は激務だった。呼ばれれば休日だって出かけていくし、出勤は早く帰宅は遅い。その分給料はよく、今日子が無理して働く必要もない。夫は会社の役に立ち、家庭を守ってくれているのだから、何もできない自分は夫に従うのがいいのだろう。ずっとそう思ってきた。

そんな今日子が離婚を決めた。理由はひとり娘の紅葉の言葉だった。

ある日、小学校での出来事を語る紅葉がこんな言葉を口にした。

『でもあの子は何にもできない子だから、仕方ないよね』

話の内容は友達同士の意見の対立で、片方が意見を引っ込めなければならなかったのだそうだ。紅葉はそれを端《はた》で見ていて思ったらしい。『勉強や運動ができない、目立たない子、おとなしい子は、意見を言っても無駄』と。

今日子は無邪気な娘の顔を見て、ゾッとした。そこに夫がもうひとりいるかのように思われてならなかった。

『紅葉、誰にだって意見を言う権利はあるし、勉強や運動ができる子の意見がいつも正しいというわけではないのよ』

精一杯伝えたが紅葉はきょとんとしていた。小学校低学年の紅葉には、今日子の訴えたいことがよくわからないようだった。

（私たち夫婦のやりとりを見ているからだ）

今日子が何か意見を言おうとして、夫に発言権を取り上げられる光景を紅葉は幼い頃から見ている。聞いてもらいたいと懇願しても『忙しいから煩わせないでくれ』『おまえほど暇じゃない』と笑顔で返される。逆に、引っ越しや家族の行事などは夫の独断で決まることも多かった。

そして言われる。『おまえは何もできないんだから俺に従っていればいいだろ』

異常な夫婦関係だったのだ。異常な家庭だったのだ。

いつの間にか、それがわからなくなっていた。

怒鳴らないから優しいのではない。真綿で包《くる》むように、思考を放棄させられ続けてきた。

『紅葉、どんな人の意見も尊重されなければいけないの』

今日子は誠心誠意、娘に言い聞かせた。

『紅葉から見て、強くて偉く見える方だけが正しいんじゃないんだよ』

娘はまだよくわからないといった顔をしていた。

離婚しよう。今日子は強く思った。自分のため、娘のために、夫から離れなければならない。

しかし、離婚を切り出すと夫は豹変《ひょうへん》した。正座させられ、何時間もくどくどと言い聞かせられた。離婚などと何もできない女が口にするものではない、考えが浅すぎる、と。

やがて、話を振るだけで怒鳴り散らすようになった。相手が怒り続けていれば、話し合いにならない。

実家の母に相談すると、『言葉がきついくらいで離婚するのは忍耐がない』と叱られてしまった。実母は頼れない。そもそも遠方で物理的にも頼るのは無理があった。

考え抜いた挙句、今日子は離婚届を置いて、紅葉とふたりで家を出た。

隣の市に古い木造アパートを借り、毎日そこから自転車で紅葉を小学校に送った。並行して、旧姓の黒江を名乗り、就職活動に励んだ。

夫は頑《かたく》なに離婚に応じてくれなかった。今日子はスマホのメッセージ以外の連絡を遮断し、離婚以外の選択肢はないと訴え続けた。

そうして、別居してから一年ほど経《た》った。

今日子は毎日へとへとだった。アパート近くの不動産会社の事務職についたものの正規雇用ではなく、久しぶりの社会での労働にくたびれ果てていた。毎日定時きっかりで退勤しては紅葉の小学校まで自転車を走らせた。アパートと小学校は距離があり、紅葉がひとりで通学するには遠すぎた。何より何度か夫が勝手に紅葉を連れ帰ろうとしたことがあり、学校にも学童保育にも事情を話し、今日子以外の迎えは受け付けないようにしてもらっていた。

紅葉と帰宅して食事を作り、宿題を見て、学校の準備をし……。

毎日が目の回るような忙しさだった。

夫という枷《かせ》がはずれた気楽さはあったが、やることが多すぎて、体力と精神を削っていった。

もう少しお金が貯まったら、弁護士に相談して正式に離婚できるように動こう。そう思いながら、この頃の今日子に余裕はなく、日々生きることに精一杯だった。

その日は朝からバタバタだった。仕事はめずらしく残業になり、ずいぶん遅くなって紅葉を学童へ迎えに行った。

『紅葉さん、来年はどうする予定ですか？』

学童の先生に尋ねられた。『うちの学童は三年生までが対象なので』

『転校を考えています』

そう答えながら、離婚も進んでいない上に紅葉の転校の手続きを考えると頭が痛い。

学童がもう一年でも預かってくれるなら、転校も先送りにできるのに。

考えることとやることが多くて眩暈《めまい》がした。

『ママ、ノート』

ようやくアパートに帰宅し、さて夕食を作ろうと思ったところで紅葉が言い出した。

どうやら算数のノートを使い終わってしまったらしい。

『もう！　どうして早く言わないの!?』

つい苛立《いらだ》った声をあげて、ハッとした。紅葉がうつむいて悲しそうな顔をしていたからだ。

考えてみれば、帰り道も紅葉はこちらの様子を見ているばかりで何も喋《しゃべ》らなかった。

今日子が苛立っているのを察して、ずっとノートについて言い出せなかったのだろう。

『外にノートとお弁当でも買いに行こうか』

紅葉の気分を変えたくて、そう語りかけた。毎日節約しているのだから、たまにはお弁当だっていいだろう。

二十時過ぎの商店街をふたりで歩いた。ノートを売っているのは路地にある古い書店。

たどりついたところで、書店がもう閉店時刻であると知った。店の前の雑誌の棚はすでに店内にしまわれてしまっている。大型書店ではなく個人営業の小さな店なのだから、二十時閉店でも仕方ない。しかし、算数のノートはどうしたらいいだろうか。

『あの』

駄目もとで今日子は薄く開いた引き戸に手をかけた。中がまだ明るかったからだ。

『すみません、ノートを売っていただきたくて……』

声をかけるが、店内は無人だった。いや、店の奥についたてがあり、その向こうから物音と話し声が聞こえる。

今日子は紅葉の手を引いて店内に入った。閉店時間を過ぎて押しかけたことはあとで謝ろう。それにしても、なんだかいい匂いがする店内だ。

『わふっ』

足元で鳴き声が聞こえた。レジの横に寝そべっていたのは大きな犬だった。紅葉がぱっと笑顔になり、犬に向かってかがみこむ。

『わんちゃんだ!』

『駄目よ、紅葉。ここのおうちのわんちゃんでしょう。勝手に触ったら……』

犬と今日子たちの声に、ついたての向こうから男性が姿を現した。

『いらっしゃいませ。すみません、今準備中でして』

準備中？　男性の返事に今日子は首をひねった。書店はもう閉店時刻のはずなので、片付け中というならわかるのだが。

男性は少し焦った様子で続ける。

『今夜はホワイトシチューです。もう少しお待ちいただければ、お出しできます』

ホワイトシチュー？　今日子はいっそうわけがわからなくなり、変な顔をした。しかし、このいい匂いの正体がシチューなのはわかった。そして、目の前の男性はコックコートを羽織っているのだ。

『いや、あの、待ってください！　私、ノートを買いに来たんです！』

今日子は叫ぶように言った。

『算数のノートです！　十七マスの！』

男性と今日子は顔を見合わせて黙った。

それから男性の頬がゆっくりと赤くなっていくのが見てとれた。

『……失礼しました。食堂の方のお客様かと勘違いしまして』

『食堂!?』

頓狂な声をあげたのは今日子の方だ。すると、男性が返事をする前についたての向こうから少女が姿を現した。紅葉よりいくつか年上だろう。

『お父さん、ごはん炊けたよー。シチューの火は止めるー？』

尋ねてから、今日子と紅葉の存在に気づいたらしい。ぱたぱたと駆けよってくると、紅葉の横にしゃがみ込んだ。

『この子ね、フクコっていうの。女の子。撫でても大丈夫だよ』

『う、うん』

紅葉は年上の女の子に緊張したようだが、フクコという犬の背を撫でるうち、その表情は和らいでいった。

『たまに、閉店後、こうして食事処《どころ》をやっているんです』

男性に案内されてついたての向こうを覗《のぞ》かせてもらった。書架をずらした先には六畳ほどの倉庫があり、給湯設備と流し、コンロがある。手製なのか木の匂いのするカウンターと椅子が三脚。

個人の趣味の店といったところか。

『始めてふた月ほどなんですが』

『知名度がないんですよ。だから、あんまりお客さんは来ないんです。余ったらぜーんぶ私のごはん』

店主の娘がちょっと生意気そうな笑顔で付け加えた。

『ママ』

紅葉が今日子の手を引いて見上げていた。知らないところに来て不安なのだろう。そう思ったら、続けて呟く。

『お腹《なか》すいた』

コンビニでお弁当を買って帰るつもりだった。しかし、ぐつぐつ煮える鍋の音といい香りに、今日子は顔をあげる。

『あの、算数のノートを買いに来たんですが』

『ああ。はい、ご準備しますね』

『私とこの子、シチューを食べて行ってもいいですか？』

男性店主は目をわずかに見開いて、それからぎこちなく微笑《ほほえ》んだ。

『はい、もちろんです。いらっしゃいませ』

＊＊＊＊＊

十分もかからずにピカタ定食の盆が目の前にやってきた。

油揚げとわかめの味噌汁《みそしる》、炊きたてのごはん、小鉢は梅ときゅうりの和《あ》え物。真ん中の皿には焼きたてのピカタが鎮座している。夏郎の作るピカタは豚肉の薄切りを使ったもので、卵の焦げた色が美味《おい》しそうだ。

「いただきます」

今日子は手を合わせ、箸を取った。

「ん、おいし〜」

ひと口食べて、すぐにごはんを口に放り込む。

「あ、黒江さんはお醬油《しょうゆ》派でしたね。どうぞ」

成が醬油さしをカウンターに置いた。付け合わせのケチャップも好きだが、今日子は醬油をつけて食べるのが好きだ。これは紅葉も同じ。

「紅葉、言ってたわ。ふくふく書房でごはんが食べられなくなるのが寂しいって」

四藤父娘《おやこ》と出会ってから、今日子と紅葉は数えきれないくらいこの店で夕食を食べた。改装前、まだこの店が倉庫のような時から。紅葉が小さい頃は、夏郎の気遣いで開店時間を少し早めにして夕食を振舞ってくれた。

「このお店に育ててもらったようなものよ。私は、料理が得意じゃないし、必要に迫られて作るばかりだったからさ。美味しい家庭の味をたくさん食べさせてもらった」

「黒江さんは、母親としてたくさんやることがあったでしょう。黒江さんと紅葉さんには、開店当初からご贔屓《ひいき》にしていただきました。少しでもおふたりの思い出の一部になれていたら嬉しいです」

夏郎がしみじみと言うのは、彼の中にも九年近い歳月が思い出として残っているからだろう。

家族ではないけれど、共有するものがある友人は得難い。

「モモちゃんのシリーズ、覚えてるかしら。子ども用の本の」

今日子の言葉に成がぴんときたようだ。ぱたぱたと駆けていったのは書店の方なので、おそらく二階の自宅へ向かったのだろう。

「これ、これですよね」

数分で成は本を数冊抱えてもどってきた。

「そう、これ。成ちゃんと紅葉がよく並んで読んでいたでしょう」

今日子は本を一冊手に取り、挿絵を夏郎に見せた。

「この本に出てくる〝おいしいもののすきなくまさん〟、私と紅葉にとっては四藤さんがそうだった」

主人公のモモちゃんと妹のアカネちゃんに、食事を作って振舞ってくれる熊。寂しいとき、よるべないとき、夏郎の作る食事は今日子と紅葉を温めてくれた。

成が懐かしそうに目を細める。

「『シチューがクックツにえてるよ』ってくまさんが言うシーンがあって、私と紅葉ちゃん、シチューが食べたくなってね」

「そうそう、四藤さんが『じゃあ、明日はシチューにします』って言ったんだった。最初にごちそうになったのもホワイトシチューだし、私と紅葉には一番の思い出の味かもしれない」

いっときのことだが、今日子と紅葉はふくふく書房の二階に厄介になっていた時期がある。朝は夏郎と成と食べ、夜はふくふく書房のカウンターで食べた。

「おいしいもののすきなくまさんとその娘さんは、私と紅葉の恩人」

ピカタを味わいながら懐かしい日々を思い出していると、夏郎が照れてひっそりうつむいた。この人の感情表現は、いつもとても静かだ。

「本当に何もしていませんよ」

「そうだ！　黒江さん、もう少し食べられそうですか？」

突然、成が声をあげた。

今日子は驚きつつ頷く。

「ええ。成ちゃんが作ってくれるデザートの分はお腹を空けてあるわよ」

「デザートはさくら餅なんですが……それだけじゃなくて！　うち、昨日の晩がホワイトシチューだったんです！」

「こら、成、残り物を持ってこようっていうのか？」

夏郎が眉をひそめるも、成は食い下がる。

「でもでも、黒江さんとの思い出の味だし」

「あ、嬉しい。いただきたいな」

今日子の言葉に成がぱっと顔を輝かせた。

「すぐにお鍋を持ってきます」

そう言うと再びぱたぱたと二階の自宅へ向かうために書店の方へ駆けていった。何往復もする成をフクコが興味深げに眺めている。フクコは、今日子が撫でにきてくれるのを今や遅しと待っているのだが。

「すみませんね、黒江さん」

「いえいえ。食べさせてって言ってるのは私の方よ」

今日子は本を横に置き、フクコに目で合図を送ると、残った味噌汁をゆっくりと味わった。

＊＊＊＊＊

あれは今日子と紅葉がふくふく書房の常連になり、半年ほどが経った頃のことだ。

紅葉は四年生になるタイミングで小学校を転校し、ひとりで登下校ができるようになった。今日子も仕事に慣れ、収入はさほど多くはないけれど、どうにかふたりで暮らしていた。

離婚が成立すれば、ひとり親の手当が入る。医療費などの補助もつく。

しかし、夫は一年半以上になる別居生活を経ても、いまだ離婚を拒否し続けていた。

会社の上司の勧めで、弁護士に依頼しようと考えていた矢先だった。

『ママ、家の外にパパがいる』

仕事帰りの今日子の携帯に、家にいる紅葉から連絡が入った。紅葉には子ども用の携帯を持たせてあり、連絡がつくようにしていたのだ。

紅葉の押し殺した声から、突然の父親の来訪に驚いているのがわかる。

『ママが話すから、外に出ちゃ駄目よ』

防犯のため、ひとりでいるときの来客は出なくていいと伝えてある。おそらくはドアチャイムで覗き窓から外を確認したのだろう。
急いでアパートに向かった今日子は、玄関の前で外階段の手すりによりかかってい
る夫を見つけた。
『今日子、こんな時間まで紅葉が家にいないなんて問題があるぞ』
第一声がそれだった。離れて随分経つのに、いまだ家族の監督権は自分にあると言
いたげな口調だった。
『何をしに来たの？』
苛立ってもいけないし、怯《おび》えた様子を見せてもいけない。
階段を上り切って、今日子は意を決して対峙《たいじ》した。
『妻と子に会いにきて悪いのかい？』
夫は馬鹿にしたように今日子を見た。ああ、こういう笑顔を見せる人だったと今更
ながらに背筋が寒くなった。人を見下した表情だ。
『離婚したいと言っている相手のところに押しかけるのはおかしいでしょう』
『おまえがやっていることは子どもの連れ去りだぞ。そういう常識がないから、勝手
に出て行って離婚だなんだと言えるんだろうけど』
『私が離婚したいって思ったのは、あなたの今みたいな物言いよ。話が通じない人と

分しかいない。

直接話しても仕方ない』

負けてなるものかと思った。紅葉を守れるのも、今日子自身の尊厳を守れるのも自分しかいない。

『帰って。近いうちに代理人をたてるから、話し合いましょう』

眦《まなじり》を決して今日子がそう言ったときだ。夫が勢いよく玄関ドアを叩《たた》いた。ドオンと大きな音が夕暮れのアパートに響き渡る。

夫の顔が怒りでどす黒く染まり、叩きつけた拳がぶるぶると震えているのが見えた。

『女が生意気な口をきくな!』

中で紅葉が震えている様子が浮かんだ。しかし、それ以上に今日子の身体《からだ》が固まってしまった。離婚を切り出した当初から夫に言葉で追い詰められる日々だった。話が通じない夫に何時間も怒鳴られ続けた記憶が、今日子の身体によみがえっていた。

言い返さなければ。帰れと追い返さなければ。

しかし、恐怖ですくんだ身体はいうことを聞かず、声はひっかかったように出てこない。汗がじわりとにじみ、視界が狭くなる。

どうしよう。どうしよう。

そのときだ。階段をカンカンと上がってくる音が今日子の耳に届いた。

見れば、姿を現したのは成だった。手にはプラスチックの保存容器を持っている。約束はしていないが、成はたまに夕食のおすそ分けを持って来てくれていた。この日もそのつもりで訪問してきたのだろう。

夫の声が聞こえていたようで、成の表情には鬼気迫るものがあった。異変を察しながらも逃げずに階段を上がってきてくれたのだ。

『黒江さん！』

成が声を張った。十二歳の女の子にとっての、精一杯の大声だった。

『紅葉ちゃんが待ってます！　行きましょう！』

嘘《うそ》だった。紅葉は家の中にいるのだから。成はこの場から今日子を連れ出すために咄嗟《とっさ》に嘘をついたのだろう。

夫が小さく舌打ちをした。子どもとはいえ、横やりが入ってはこのまま話し続けられないと思ったのかもしれない。騒ぎになれば、警察を呼ばれる可能性もある。夫は成を押しのけるように階段を下りて行った。

夫が去っていった外廊下で、今日子と成は真っ青になった顔を見合わせた。

お互い言葉が出なかったが、すぐに成の目から涙がぽろぽろと零《こぼ》れ落ちた。どれほど怖い目に遭わせてしまったか。

『成ちゃん、おいで。家に入ろう』

夫はもう近くにいないだろう。成をアパートの部屋に招き入れた。

中では紅葉が真っ赤な顔で泣いていた。今日子と成の姿を見て飛びついてくる。

紅葉と成が落ち着くまで、女三人で玄関の上がり框《がまち》に座り込み、じっと息をひそめた。

『黒江さん、うちの二階に避難してきたらいいと思う』

随分経って、成が言った。

『ちょっと前まで人に貸してたんだけど、今はもう誰もいないから。またさっきの人が来ると困るでしょう』

ふくふく書房にそんな二階があることを、今日子はそのとき初めて知った。

今日子は成と紅葉をふくふく書房に送り届け、まずその足で警察に相談に行った。警察は具体的な被害ではないが調書を取り、次に夫が来たときはすぐに呼んでほしいとアドバイスをしてくれた。上司にも連絡し、早急に弁護士を紹介してもらう手筈《てはず》を整えた。弁護士費用や夫の怒りを理由に離婚を後回しにしてきたのがいけなかったのだと痛感した。

それから、今日子と紅葉はふくふく書房の二階に一時避難した。

その間、夫は何度か今日子のアパートに来たようだった。夜間にドアを叩いてしつこく叫んだため近隣の住民によって通報され、今日子がドアの破損について被害届を出したところ、接近禁止命令が出た。

外面のいい夫は、これ以上は自分が不利になると考えたのか、それ以降はアパートにやってこなくなった。今日子たちがようやくアパートに戻れたのは半月後のこと。

その代わり、離婚については長引いた。調停では話がつかず、裁判を経て正式に離婚が決定したのは紅葉が小学六年生になる直前だった。

養育費はもらわなかった。面会は夫が希望しないと言ったので、一度もさせていない。仕事の関係で北陸の街に引っ越したと人づてに聞いたのが最後だ。

＊＊＊＊＊

「あー、そのお鍋、懐かしい」

成が二階の自宅から持ってきたホーロー鍋を見て、今日子は声をあげた。

白地にレモンの柄が描かれたもので、少しレトロなデザインが可愛《かわい》いと思っていた。

ふくふく書房の二階に厄介になっていたとき、朝ごはんの味噌汁はこれで作ってもらっていた。

「シチューなんかはこのサイズが一番便利なんですよね。ふたりだと食べきるのに二日、三日かかるけど」

成からパスされて、夏郎がホーロー鍋を火にかける。少し牛乳を足して伸ばしながら、ゆっくりとかき回して温めていく。

きっと、ふたりだけだと味噌汁は小鍋で作るのだろうなと今日子は思った。たった半月だったけれど、四人で食べた朝ごはんは特別な思い出だ。

紅葉は環境の変化や両親の離婚問題の中、一生懸命〝いつも通り〟を保って生きているように見えた。成は不登校で、おそらくは様々な言葉にできない問題があったのだろう。それでも、今日子と紅葉を守ろうとしてくれた。

そして、夏郎がずっと変わらずにいてくれた。深入りはしないのに、不器用ながらも優しく気遣ってくれた。毎日、美味しい食事を振舞ってくれた。

今日子と紅葉の〝おいしいもののすきなくまさん〟。

家族ではない優しい四人の関係が、あの瞬間確かにあったのだと今日子は思っている。

「わあ、四藤さんのホワイトシチューだ」

目の前に置かれた湯気をたてる皿。じゃがいもやニンジンがごろごろ入ったホワイトシチューに、今日子は子どものような歓声をあげた。

ひとさじすくいあげ、ふうふうと息を吹きかけて口に運ぶ。こってりとしたバターと生クリームの風味に、とりもも肉が柔らかく口の中でほどける。

「おいし！　うん、おいしい！　実家の味！」

「なんですか、実家って」

夏郎が笑いを含んだ声音で言う。でも、本当に今日子にとってここは実家も同然なのだ。

シチューを口に運びながら、嬉しくてありがたくて、胸がいっぱいになっているのに気づいた。スプーンを置き、今日子はふたりに向き直る。

「四藤さん、成ちゃん、あらためてありがとうございました。ふたりとこのふくふく書房のおかげで、黒江今日子、無事に子育て終了です」

「やだ、黒江さん。あらたまっちゃってぇ」

「本当よ、成ちゃん。私すごく感謝してるの。……四藤さん、一度元夫がこの書店に来たことがあったでしょう」

今日子と紅葉が二階を間借りしていた時分、紅葉の後をつけて夫がふくふく書房にやってきたことがあった。警察騒ぎになる前で、まだ書店の営業時間内だった。夫は、店にいた成を覚えていて『今日子と紅葉を出せ』と夏郎にすごんだのだ。

「あのとき、四藤さんがまったく動じもせずに追い返したって、あとで紅葉から聞いたわ。私、モラハラを受け続けたせいか、元夫に何か言われると固まっちゃうのよ。成ちゃんと四藤さんが間に挟まって、私と紅葉を守ってくれた。ありがたかったよ」

「……あのときは、営業妨害ですとお話ししただけです。そりゃあ、暴れられたら嫌だなあと思いましたが、ああいう方は親しくない同性にはあまり強く出られないようですから」

控えめに言う夏郎を今日子はじっと見つめた、

「頼りになった。助けられた。ひとりじゃどうしようもないときに、傍《そば》にいてくれたふたりには、一生頭が上がらないよ」

あらためて、深々と頭を下げる。近しい隣人として今日子を支えてくれたふたり。おかげで紅葉は健やかに成長し、大学生になり家を出て行った。

「紅葉ちゃんは、妹みたいな感じだったから。黒江さんにそう言ってもらえると嬉しい」

成がすんと洟《はな》をすすって言った。涙をこらえているのか、瞳がうるんでいた。

今日子はにっこり笑う。

「はー、すっきりした。子どもの巣立ちって、なんだか身体が空っぽな感じになっちゃうものねえ」

「時間ができますね。新しいことにチャレンジするのはどうですか？」

夏郎に言われ、うーんと考えてみる。

「何も思いつかないわ～。サブスクやシネコンで、映画をたくさん観《み》ようかなとは思ってるけど」

「楽しそうですね」

「実はバレエとかオペラも観てみたかったりして」

「色々プランがあるじゃないですか」

おひとり様の人生がこれから始まる。仕事と娘の成長ばかりを考えてきた時間は、自分のための毎日に変わる。やりたいことをじっくりと考えてみてもいい。

「黒江さん、今夜は久しぶりに二階にお泊まりしませんか？」

小さなさくら餅を今日子の前に置いて、成が提案してきた。

「そうねえ。そうしちゃおうかな」

家に戻って、紅葉の不在を確認するのはやはり少々寂しい。成の申し出はありがたいと純粋に思った。

「フクコ、黒江さんお泊まりだって！　やったね！」

「フウン」

振り向けば後ろで待機中のフクコが尻尾を振っていた。言葉がほとんど通じているかのように見えた。


勝手知ったる二階の部屋。化粧を落とし、風呂で温まって戻ってくると、布団の上にはフクコと大福《だいふく》がいた。

大福と今日顔を合わせるのは初めてだが、来客だと知って部屋にやってきたのだろう。この白猫は顔こそ渋いが、案外人懐っこいのだ。

「大福、久しぶりじゃなーい。紅葉が来た先週もいなかったって？　紅葉、大福に会えなくて残念がってたよ」

「なあん」

大福は一応返事をしてくれる。フクコもそうだが、この書店の二匹は人間との会話が上手だ。

大福は九歳になったはずだ。ふくふく書房と出会ったばかりの頃、成と紅葉が雨の日に拾ったのだ。ずぶぬれでか細く鳴く子猫で、兄弟猫はみんな死んでしまっていたらしい。残されたこの白猫もそう長くはあるまいと思ったのだが、成の献身的な看病で回復し、今やふてぶてしいほどの体格と表情の立派な雄猫に成長した。

ともかく、犬と猫をどかさないことには布団に入れないので、二匹には丁重に掛布団の上からどいていただいた。今日子が布団に入るとすかさず二匹とも顔の横に丸くなる。両側から顔への圧を感じる。

「みんな大きくなるわねえ」

フクコと大福に挟まれて寝るのは、昨日までの二日間、狭いベッドで紅葉と寝たのを思い出させた。いや、もっと昔、幼い紅葉と並んで眠った日々が脳裏をよぎる。

「本当に大きくなっちゃって」

今日子は明日からまた仕事だ。離婚前から働いている不動産会社で、入社三年目に正社員に登用してもらえた。紅葉の学費はかからないはずとはいえ、寮費や生活費は送ってやらなければいけない。まだまだ元気に働き続けたい。

紅葉の入学式と新学期開始は来週だが、今日子は入学式に行くつもりはなかった。仕事もあるし、交通費も馬鹿にならない。紅葉本人も節約のために次の里帰りは夏休みになると言っていた。

真新しいスーツを着て、入学式に赴く娘の姿を想像するとわくわくする。キャンパスライフは楽しめるだろうか。いい友人はできるだろうか。サークル活動やバイトに精を出すのだろうし、今まで一度もできたことがない彼氏を紹介される日もくるかもしれない。

「そうだ。送っておこ」

寝転がった状態で天井の写真を撮る。すると、大福がにゅっと顔を出した。

「ちょっと大福〜、あんたが写ったらネタバレでしょう」

もう一枚、大福を入れずに天井を撮影し、写真を紅葉に送った。

【ここはどこでしょう】

紅葉はきっとすぐにわかる。半月過ごした懐かしい部屋の天井だ。

「はー……」

息をつくと涙で天井がぼやけた。涙の熱いかたまりはそのまま目尻からこめかみにすいこまれていく。

娘が巣立った。正確には大学を卒業して、職につくまでは母親として援助をし続けなければならない。それでも、母娘《おやこ》ふたりで楽しく暮らしてきた日々は終わったのだ。

精一杯育てたつもりだ。人の気持ちがわかる優しい子に育った自負がある。

この先、あの子がどんな人生を送っていくかはわからない。苦労はきっとするし、嫌になることもあるだろう。

それでも数えきれない幸福と、愛があの子の人生に降り注ぐといい。今まで今日子が与えてきた何倍もの愛に恵まれるといい。

もし、何かあったときは、迷わず味方になろう。どんなときもママは味方だと言い続けよう。

「紅葉……」

名前を呼ぶと涙が止まらなくなった。

「もう少し、育てたかったなあ……」

可愛い娘。ママの人生に喜びをくれたあなた。ママにたくさんの幸せをありがとう。ママをここまで生かしてくれてありがとう。

大福が再び今日子の顔を覗き込んでいた。なあんと細く鳴くときは、彼なりに気遣っているとき。おしりをくっつけた格好のフクコも身体をずらして顔を今日子の肩に乗せた。

空気を読んでくれる二匹に、今日子は余計泣けてしまう。

ピコンと音が鳴った。スマホに紅葉からのメッセージが届いている。

【ふくふく書房の二階だ】

【今日お泊まり？】

【ごはんも食べた？】

立て続けに三つメッセージ。若い子のメッセージは短文でぽんぽんくるので、返事を打つ前に、次の話になってしまう。今日子がオタオタと大福入りの天井写真を送っているうちに、もうひとつメッセージがきた。

【ママ、ひとりはちょっと寂しいね】

短い文章の字を見ているだけで紅葉の寂しさが伝わってくるようだった。今日子は涙をぬぐって笑った。

「なによ、平気そうだったのに」

駅で別れた気丈な娘は、いまだにママが大好きな甘えん坊の女の子のまま。彼女も遠い土地で同じように涙しているのだろう。母と娘、今日から別々なのだと嚙《か》み締めているのだろう。

【ゴールデンウィーク、やっぱり帰っておいで。交通費、気にしなくていいから】

そうメッセージを送ると、すぐに返事がきた。本当に反応が速い。

【うん】

【そうする】

【ふくふく書房で四藤さんのごはんが食べたい】

【成ちゃんにお土産買っていくって伝えて】

途端に元気いっぱいの返事に今日子はふふっと笑った。

【っていうか、大福と寝てるの？　ずるい！】

フクコもいるよ、と送ろうか悩んで今日子は二匹ごと自分の写真をインカメラで撮影した。

涙の痕があるし、すっぴんだけど、いいやと思った。

父と娘のほっとけーき

四藤成《しとうなる》は毎朝六時に起きる。愛犬のフクコと朝の散歩に行き、帰宅してフクコと猫の大福《だいふく》にごはんを与える。そうしている間に、父の夏郎《なつろう》が朝食の仕度を整えてくれる。ふたりで食卓を囲むと、成は洗濯や掃除に取り掛かる。それから昼食の準備をし、夏郎に頼まれた夕食の仕込みもこの時間にこなす。

九時過ぎには一階の書店に降り、夏郎とともに開店の準備だ。小さな書店とはいえ毎日それなりの入荷があり、返本がある。週二、三日、アルバイトが来てくれるので、成と父で手に余るときは手伝ってもらっている。アルバイトは主婦がひとり、大学生がひとりかふたり。主婦も大学生も辞める頃に友人や後輩を紹介してくれるため、なんだかんだいって絶えることなく人手はある。

アルバイトが入る日は、成も店番をしなくていいので自由時間ができる。だいたいこのタイミングで、夜の食堂で出すデザートを準備する。試作品を作るのもこんなときだ。

自宅キッチンで作るので、匂いを嗅ぎつけたフクコが足元をうろつき、大福は気まぐれに邪魔をしてくる。

「ほら、大福、そっちにいって。今は抱っこできないわよ」

「なあん」

大福が不満げな声をあげる。フクコは人間の食べ物をもらえないと理解しているが、バターや甘い香りには抗《あらが》えないようで寄ってきてしまうのだ。

「もう、困ったなあ」

なんとか今夜の定食につけるプチチーズタルトをオーブンに入れた。

手を洗って、ダイニングチェアに座ると待ってましたとばかりに大福が膝に乗ってきた。こちらが構いたいときは寄ってこないのに、自分が構ってほしいときはぐいぐいやってくる。大福の他に猫を知らないが、猫という生き物はそういう性質《たち》なのだろうか。

フクコも成の足元に丸くなった。主張するときはするが、普段はつつましい。それがフクコという犬だ。

「タルトが焼けたら、買い物に出かけなきゃ」

今夜はからあげを油淋鶏《ユーリンチー》風にしようと言っていたので、とりもも肉が必要だ。ネギも美味《おい》しそうな物を選んで買ってこよう。

外に出るとカッと強い日差しを感じた。まだ七月も上旬だというのに、今日も猛暑日らしい。成は帽子を深く被《かぶ》る。

「最近の夏は暑すぎるよねえ」

ひとり文句を言いながら、買い物は商店街の精肉店と青果店で済ませようと考えた。買う物が多ければ自転車で少し遠くのスーパーへ向かう。東京のはずれなので、個人農家の直売所も多い。新鮮な野菜が欲しければ、そういった場所をめぐることもあり、夏はナスやピーマンが手に入る。ただ今日のところはどちらも足りている。

ふうふうと息をつき、路地を出る。小さな商店街で生き残った古くからある店へ向かって歩く間に汗がびっしょりと背を濡《ぬ》らした。

成の毎日はこんな調子で過ぎていく。

小学校から高校まで、あまり登校できなかった。大学へ進学もしなかったし、就職もしなかった。家業の手伝いをしようと思ったのは、もちろん書店の仕事も食堂の仕事も好きだったからではあるが、漫然と過ごし他の道を探さなかったからでもあるとわかっている。

何も考えていないわけではないが、どれが正しい道なのかと考えると悩む。そうして立ち止まっているうちに数年が経《た》ってしまった。成は五月で二十一歳になった。

それでも、成は今の生活に満足している。父がいて、フクコがいて、大福がいて、常連のお客たちがいる。このままずっとこうして暮らしていきたい。おそらくそれが成の一番の望みなのだ。そのために何ができるだろう。

「成」

不意に聞こえたその声は、あまりに耳に馴染《なじ》んだ。もう何年も聞いていない声だけれど、脳はしっかり覚えていて、顔をあげる前に誰かわかった。

「お母さん……」

さびれた商店街、コンビニ前のガードレールによりかかって手を振っているのは母だった。十年以上前に成と父を捨てて出て行った人だった。

「ずいぶん田舎《いなか》っぽいところね。東京とは思えない。まあ、二十三区を出たらこんなもんか」

母と立ち話をしているところを人に見られたくなかった。商店街から離れ、駅の反対側にある喫茶店に入った。数年前にできたおしゃれな店には、昼下がりの時間帯は地元の主婦などが数組入っているだけで、知り合いはいなかった。

母は今年で四十五歳になるはずで、顔には年相応の皺《しわ》が刻まれていた。肩までのワンレングスの髪は白髪もなく綺麗《きれい》に手入れされていて、きりりとした化粧の様子からも社会で働いている様子がうかがえた。成のもとを出て行った頃より、よほどしっかりしているように見える。シックだけれど花柄のワンピースを着ているあたりが母らしいなとは思ったが。

「よくわかったね。私とお父さんの住んでいる町」

「お父さんの実家に戻ったって人づてに聞いてね」

母はメニューを開いてすぐに閉じた。他のテーブルにいる若い店員に「すいませーん」と大声を張り上げ、急《せ》かすように呼ぶ。

「クリームソーダをふたつ。成もそれでいいでしょう」

「うん……」

別になんでもよかったが、メニューも見せずに勝手に注文するという行動に、母という女性がこういう人だったとじわじわと思い出されてきた。

藤曲聖子《ふじまがりせいこ》はいつも自分本位で、意見を譲らない人だった。

「それで今日は何の用で来たの？」

「注文が来る前に話し出すなんて、成はせっかちねえ」

あなたに言われたくないと思いつつ、成は黙る。母はしげしげと成の顔を眺めた。

「うーん、顔は私に似てきたわね。自分でもそう思わない？」

「別に思わない。お母さんの顔、さっきまで忘れてたし」

成はどうでもよさそうに答えた。正直に言えば成は母の顔を覚えていたし、そばかす以外は全体の造作がよく似てきていると感じていた。そして、自分の顔が年を経るごとに母に近づいている事実に、言い知れぬ不快感を覚えている。

「いや、似てるわよ。よかったわねえ。まあまあ男にモテるから、この顔」

母は無神経に言ってケラケラ笑った。ふたりの前にクリームソーダがやってくる。

透明な緑の海に氷とアイスクリームの島。その上には、さくらんぼがのっている。

成は「いただきます」と小さく呟《つぶや》きスプーンを手にした。アイスクリームと氷の境の部分がシャリシャリして美味しいのだ。さくらんぼをメロンソーダに沈めて、アイスクリームの下の端をスプーンでこそぐ。

「成、クリームソーダ好きだったもんねえ」

母は覗《のぞ》き込むように成の様子を眺めているが、成は格別クリームソーダが好きだった覚えはない。大方、母が娘と遊んだ数少ない記憶のひとつに、一緒にクリームソーダを飲んだというものがあるのだろう。だから母の認識では成はクリームソーダが好きで、今も気を利かせたつもりで好きなものを頼んでくれたに違いない。

「成、お母さんと暮らさない？」

だしぬけに母は言った。

「なんで？」

返事は反射だった。意味が分からない、そういう意味を込めた。

「再婚したのよ。彼が、成を引き取ってもいいって言ってくれてね」

「私、今年で二十一だよ。引き取られるような年齢じゃないけど」

「今まで寂しい思いをさせたから、後悔してるのよ。これから母娘《おやこ》の時間を増やしていけたらいいなあって思ってる」

母はテーブルに両肘をつき、組んだ手の甲に顎を乗せた。

「勝手すぎるんじゃない？」

成の答えは短く、呆《あき》れた口調も、怒った口調も選べなかった。混乱している自分を感じていた。

母は後悔していたというのだろうか。ひとり娘を捨てていったことを。

「あの頃、私は仕事もなかったし、シングルマザーであんたを育てようと思えなかった。だから、置いて出て行ってしまったけれど、成のことを忘れた日はないのよ」

嘘《うそ》だ。それならどうして……。成の内側にはたくさんの疑問があったけれど、どれも言葉にならない。今すぐに席を立ちたい気持ちと、もう少しここにいて母からちゃんとした謝罪を聞きたい気持ちがあった。

その謝罪や言い訳がどれほど薄っぺらくても、母の口から聞きたいと思った。こんな気持ちがまだ自分の中にあることに驚いていた。

「ごめんね、成。一緒に暮らそう」

母が目を細め、小首をかしげる。謝罪なのに、ニコニコと笑顔だ。

「いや、無理だよ」

返事はまたしても反射的に出てきた。母の言葉とまなざしに揺らぎそうになった自分を叱咤《しった》し、成は低い声で言った。

「お父さんの仕事を手伝ってるし、それが楽しいから。これからもお父さんと暮らす」

「あら、成〜」

母が笑った。どこか嘲笑めいた笑顔だった。

「まさか、まだ知らない？　もう、わかってるんでしょう？」

心臓がぎゅっと引き絞られるような感覚があった。母の言いたいことがわかり、成は眉をひそめる。

「成とあのお父さんは血が繫《つな》がっていないんだから。一緒にいる理由なんかないのよ」

テーブルに沈黙が流れた。他のテーブルからの笑い声、客を店員が案内する声、食器の音、空調の音。

「帰って」

成は低く告げた。


帰り道、頭がぼうっとしていた。買い物をすっかり忘れたと気づいたのは書店の引き戸を開けてから。レジカウンターの中から夏郎が怪訝《けげん》そうな表情で眺めていた。

「どうした、成」

「あ～、知り合いと会って話してたら、買い物忘れちゃって～」

苦笑いを作って答えると、夏郎が口元を緩める。

「そうか。なら、今夜のメニューは夏野菜カレーにしようか。小里《こざと》さんからもらったナスとピーマンがたくさんあるしな。オクラもローストしてのせよう」

「あはは、ごめん。でも、夏野菜カレー美味しそうだね」

買い直しに行けばいいと考えながら、まだ母が駅の周辺にいたら嫌だなと思った。

母とは喫茶店で別れた。一緒に暮らすことは有り得ないと断って。

「成、外で話していたのか？　暑かっただろう。顔色があまりよくないぞ。上で少し休みなさい」

「うん、そうする。熱中症が怖いもんね。落ち着いたら、野菜切っとくわ」

成は素直に頷《うなず》いて、書店奥の控室から二階の四藤家のリビングに上がった。

父には絶対に言えないと思った。母と会ったこと、一緒に住もうと言われたこと。


その後、父と店番を一度替わり、閉店間際の十九時過ぎにフクコと散歩に出かけた。

夏場は早朝と夜でないと、フクコの散歩ができない。肉球を火傷《やけど》してしまうし、アスファルトに近い犬に暑さは負担だからだ。

フクコはふんふんと鼻を鳴らしながら歩く。朝晩の散歩が彼女にとって楽しい時間なのはわかっているし、健康維持のためにもそれなりのペースでしっかり歩きたい。

しかし、成の足取りは重かった。フクコの散歩は何通りかのコースがあるが、今日は一番短いコースにフクコが行きたがった。もしかすると、成の様子に思うところがあるのかもしれない。フクコは格別人間に関心を寄せる犬で、姉妹同然の成の変化にはいっそう敏感だ。

「フクコ、まだ時間もあるし、少し気温も下がってきたから遠くまで歩けるよ」

フクコは成の声かけを無視し、公園の方へずんずん進んで行く。中型犬よりやや大きいサイズのフクコは、引っ張る力もなかなかに強い。

公園の入口付近で、通りを歩いてくる男性に見覚えがあった。

「あれ」

「あ、成ちゃんとフクコ」

ふくふく書房の夜の常連、渡瀬《わたせ》だった。昨年、新入社員だった彼もいまや二年目で、仕事にも慣れ、後輩もできたらしい。たまに母親と妹と一緒に食べに来てくれる。

「こうやって外で会うの、初めてですねえ」

「そうだね、近所なのに。あ、サイダーいる？　職場で差し入れをもらったんだ」

渡瀬はビニール袋からペットボトルの炭酸ジュースを取り出して、成に手渡した。

ペットボトルは汗をかいて、ずいぶん温《ぬる》くなっている。

「いただきます」

「フクコのジュースはなくてごめんなあ」

渡瀬がフクコを撫《な》でると、フクコは「わふっ」と短く声をあげ、歩き出したいようでぐいとリードを引っ張る。

「はいはい。そっちね」

「俺も途中まで一緒だけどいい？　団地、こっちが近道なんだ」

「もちろんですよ」

カウンターに座る渡瀬ばかりを見ていたが、並んで歩くと案外背が高いのだなと成は思った。父親以外の異性と歩くことが普段ないので不思議な感じだったが、意識するほど成は恋愛に興味があるほうではなかった。それは渡瀬も同じようで、彼は成を行きつけの店の店員としか見ていないのだろう。そんなふたりの感覚が、夏の夕方の散歩を気安く平和なものにしていた。

公園の水道で水を飲ませると、フクコがぺたんと伏せてしまったので、ベンチまで誘導した。並んで座って、成はもらったサイダーのペットボトルを開ける。

渡瀬も開けてひと口飲み、「ぬるいなあ」と笑った。

「フクコって十三歳って去年聞いたけど」

「ええ。たぶん、今年十四歳。ボロボロのフクコを拾ったのは私が八歳のときで、獣医さんの診察でおおよそ一歳くらいって言われたんですよ。だから、誕生日とかはわかんないですね」

「ぎりぎり中型犬になるのかな」

「微妙なサイズ感ですよね。コリーとかの血が入っているのかなって感じるんですけど、コリーにしては大きめだし、毛もサラサラじゃなくてもっさりしてるし」

「犬好きでも種類はわかんないんだよなあ。どっちにしろ、まあまあおばあちゃんか」

「たぶん、六十代後半から七十代前半くらいだと思いますよ」

「成ちゃんにとっては妹なのに、おばあちゃんなんだなあ。八歳から一緒かあ」

渡瀬がフクコの頬から顎をぐりぐりと撫でる。フクコは嬉《うれ》しそうに鼻を鳴らし、「フウン」と甘えた声を出した。

「フクコを拾ったのは、この町に来てすぐなんです。うちの路地にごみ集積場があって、そこで行き倒れてて。当時まだ生きてた祖父は駄目だって怒ったんですけど、父が飼わせてやってほしいって説得してくれました」

「へえ」

「たぶん、私が寂しくないようにって思ったんでしょう。あの頃、母が出てっちゃったばかりだったんで」

家族の事情も、自分の事情も、成は隠しておく必要がないものだと思っている。ただ、今この瞬間は口にしてから、渡瀬に感情を押し付けた感じになり、しまったと思った。

昼間見た母の顔が過《よぎ》る。どうしても消えてくれないあの影。

「……なんか、共感していいかわかんないけど、うちも親父《おやじ》が出てって、離婚してんだ」

渡瀬が少し言い淀《よど》んだあと、あっさり言った。

「ギャンブルで借金作って逃げてさあ。家に借金取りがきたんだよ。漫画みたいだろ」

「あはは。ごめんなさい、笑っちゃ駄目なんでしょうけど……」

「笑ってよ。今にしてみれば、コントかよって感じだったから。結局借金取りが親父捕まえてさあ。借家追い出されたり車を売ったりで、親父と母親は離婚して……」

「うちは母が夜遊びの常習犯で。好きな男ができたーって私と父を捨てて出てっちゃいました」

「お互い、親には苦労したなあ。でも、離婚した方が平和な家ってあるよね」

「わかります」

ふたりで顔を見合わせて、思わず笑った。渡瀬は気を遣って自分の家の話をしてくれたのだろう。申し訳ないと思いつつ、ありがたいと成は感じた。

「よーし、そろそろ帰ろうかな。成ちゃん、来週の水曜に咲《さき》と母親と行きたいんだけど、いいかな」

「開けておきますよー。最近は営業日カレンダーを作ってますので、今度来たときにお渡ししますね」

「気まぐれでもいいのに、律儀だなあ」

渡瀬が去って行き、成とフクコはベンチに残された。温いサイダーは甘くて、違う飲み物みたいだ。成は喉を鳴らして、最後のひと口を飲み込む。

空はすっかり暗くなり、間もなく二十時。ふくふく書房閉店の時刻だ。今日はアルバイトが入っているので成が急いで帰る必要はないが、食堂の準備は始めなければ。そう思いながら、なかなかベンチから立ち上がれなかった。

＊＊＊＊＊

成の母、聖子はよく夜に出かける人だった。当時、ホテルの厨房《ちゅうぼう》でシェフをしていた父の遅番の日を狙って出かけていく。成は二歳や三歳の頃からひとり、家で母の帰宅を待つ子どもだった。

もともと、住んでいた千葉県の街は母の地元。不動産会社社長の娘だった母は地元では羽振りのいいお嬢さんで、学生時代からの地元の友人も多かった。父が街の洋食屋での修業時代に出会って、母が結婚したいと懇願したそうだ。

成が生まれ、父がホテルのシェフに採用されてから、母の遊び癖が再発したようだ。もちろん、父は母が成を放置したと気づくたびに注意し、『小さな娘をひとりきりにしないでほしい』と頼み込んでいたようだ。

しかし成の覚えている限り、母は父にさえバレなければ何をやってもいいと思っていた。

『お父さんには内緒ね。うるさいから』といたずらっぽく笑って出かけていく母は、悪びれる様子もなかった。

成が小学二年生に上がったばかりの春、母は父に離婚届を突き付けた。おそらく、ふたりの間には度々離婚の話が出ていたのだろう。ふたりの話す声にはそんな雰囲気がにじんでいた。

成は両親のやりとりを隣の寝室で息を殺して聞いた。

『私は彼氏と行くから、成は育てられないのよ。施設に預けようと思ってる』

母は当然とばかりに言った。成がその言葉の痛みに布団の中で身を固くしたとき、
父が厳しい声で答えた。

『それならきみひとりで行けばいい。成は僕が育てる』

父の言葉に成は唇をきゅっと結んだ。成は父が大好きだった。三度の食事を用意してくれるのは父だし、幼稚園バスに乗せてくれたのも、小学校の参観日に来てくれたのも父だった。

いつだって父は絶対的に成の味方だった。だからこそ、成は思った。

(お父さん、お母さんを引き留めて……！)

母は確かに家族より外に興味関心のある人だ。それでも、これまで家族三人やってきたではないか。父が引き留めてくれればきっと戻ってきてくれる。

『あんたが成を育てるの？　なんで？』

母は笑っていた。馬鹿にしたような母特有の笑い方だ。

我慢できず身体を起こしかけた成の耳に、思わぬ真実が飛び込んできた。

『とっくに気づいてるでしょ。成は、あんたの子じゃないわよ』

成は凍り付き、目を見開いた。意味がわからなかった。誰が誰の子ではない？　八

歳にその意味はおぼろげにしか理解できない。

(私は拾われた子なの?)

咄嗟《とっさ》にそう思ったのは、絵本や物語にそういった設定がよくあるからだ。捨てられていた子どもが活躍するストーリー。自分もそうなのだろうか。

父はしばらく黙って、それからひと言だけ言った。

『僕が育てる』

翌朝早く、母は成を抱きしめ、さよならと明るい口調で告げ、去っていった。

成は父に聞けなかった。自分がこの家にいていい子どもなのか。

翌月には、父は成を連れ、東京郊外の実家に戻った。祖父の営む書店を継ぐためだった。祖父の病気が判明したこともあったが、成を育てていくために自営業を選んだのだろう。

フクコを拾ったのはそんなとき。ボロボロでやせぎすだったフクコは成の看護で元気を取り戻し、成に寄り添って歩く姿は妹のようにもボディガードのようにも見えた。

一方で成は転校した学校に馴染めず、徐々に登校の頻度が減っていった。いじめがあったわけではない。しかし、ふと自分が異質な存在に感じられるのだ。それは学校だけではなく、家にいても度々感じた。

自分が何者かわからなかった。

父の子どもではないかもしれないのに、ここにいていいのだろうか。

学校に行こうとすると腹痛が起こる。吐き気が起こる。手が震える。

祖父には甘えだと言われながらも、布団に入ってフクコと目を閉じると腹痛は収まった。次第に成は口数が減り、フクコから離れられないようになっていった。

祖父の蔵書や父が子どもの頃から読んでいた本、それらをひたすら読むのが成の日課。

成の世界は閉じた。数少ない受け入れられる刺激は本。そしてフクコの香ばしい香りとしめった鼻、甘い鳴き声だけだった。

＊＊＊＊＊

「ただいまあ」

成が帰宅すると、すでに書店は閉店時間を過ぎ、アルバイトの大学生は帰っていった後だった。食堂の厨房で夏郎が開店の準備をしている。

「遅くて心配したよ。フクコがいれば大丈夫だとは思っていたけど」

「ごめーん、渡瀬さんと会ってサイダーもらったんだ。一緒に飲んできた」

「それはいいね」

「めちゃくちゃぬるかったけど美味しかった」

　何事もないような顔をするのは案外疲れるものだ。成はフクコに水を飲ませ、食堂と書店の継ぎ目のスペースにエスコートした。フクコはおとなしく自分の指定席のバスタオルの上にねそべり、エアコンの風に長い毛をそよがせている。

「そうだ。来週の水曜、渡瀬さんとご家族が来るって」

「了解。成がメニュー決めていいよ」

「本当？　やったあ。どうしよう、何がいいかなあ」

　デザートは成の担当で、割と自由にやらせてもらっているが、メニュー全部を決めることはあまりない。本を題材にしたデザートはいくつも作っている。いっそ、メインとデザートを物語から飛び出してきたような統一感あるものにするのは……。

「悩むなあ～」

「来週の水曜だろう。まだ時間があるから考えなさい」

　父に信頼されて任されたのだと思うと嬉しかった。先ほどまでのもやもやした気持ちがなくなったわけではないが、軽くはなった。そうだ。気にしなければいい。母には一緒には住まないと告げた。今の家族があるならもうきっとやってこないだろう。成には成の生活がある。

父と夕食を食べ終わり、二十一時半、間もなくふくふく書房夜の部開店だ。鼻歌まじりで開店準備を整え、外に暖簾《のれん》とランタンを下げて戻ってくると、すぐに引き戸が開く音がした。フクコが顔をあげ、いつの間にか近くに寝そべっていた大福も目をパチリと開けた。今日は口開けの客が早い。

「なに？　食べ物屋をやってんの？」

成が迎えに行く前に書店の暗がりからよく知った声が聞こえてきた。ぎくりとしたのは、今日の昼間に聞いた声だからだ。忘れもしない声を、おそらくカウンターの父も察している。

姿を現したのはやはり母・聖子だった。

「久しぶり。あなた料理人だったものね。お友達を招いて居酒屋ごっこでもしてるの？」

悪意があるというより、ただ無神経な物言いとともに母は成と夏郎を交互に見た。

「ここはちゃんとした食堂よ。何しに来たの？」

苛立《いらだ》った成の言葉に、父が重ねるように言った。

「久しぶり。急に訪ねてきて何か用か」

父の口調は冷静だった。冷淡でもないが友好的でもない。

「あら、成から聞いてない？　昼間、成とお茶をしたんだけど」

成はぎっと母を睨《にら》む。あきらかに父と自分を揺さぶりたいがための言葉を選んでいるとわかったからだ。そして、父に言わなかったことが裏目に出たと思った。父は成が隠していたと悲しく思うだろうか。

「それで用件は？」

「成を引き取りたいと思って」

母はにっこりと笑って、食堂スペースまで入ってきた。

フクコが身体《からだ》を起こした姿勢で、じっと三人を見つめている。不穏な空気がわかるのかもしれない。大福は書店の方へ行ってしまった。おそらくは控室を経由して、二階の自宅へ行っただろう。嫌なことには関わらないのが大福のスタンスだ。

「再婚したの。私が実の娘と暮らしたいって気持ちを、今の旦那が理解してくれてね。迎えに来られたのよ」

「一緒に暮らすのは有り得ないって言ったでしょう。なんでまた来るの？」

「成、いいよ」

父は成の怒りをなだめようと低く優しく言い、カウンターから外へ出てきた。成を守るように間に立つ。

「成を置いていって、今更ムシがよすぎるんじゃないかい？」

「私は施設に預けようって言ったのよ。それをあなたが育てるって譲らなかったんじゃない。血も繋がってないのに」

「成は、私の娘だからね」

母はくすっと馬鹿にしたように笑った。目の細め方、口角の上がる角度が自分の笑顔に重なるようで息苦しい。

「人づてに聞いたけど、成、ずっと不登校だったんだって？」

成は肩を揺らし、拳を握りしめた。なぜ、そんなことまで知っているのだろう。そして、どうして今その話を持ち出すのだろう。

「あなたが成を登校拒否児にしちゃったんでしょう。子育て失敗してるじゃない。そんな人が、親だって主張するなんて変よ」

怒りとも悔しさともつかない感情が湧き上がってきた。父が成の前に立っていてくれなかったら、母に摑《つか》みかかっていたかもしれない。

「不登校が育児失敗だなんて、ずいぶん時代錯誤な考え方だね。聖子、きみはあの頃から何も変わっていない」

父はまったく揺らぐ様子がなかった。その口調から、父はとうの昔に母に対して諦め以外の感情がないのかもしれないと感じた。

「成は二十一歳になった。もう立派な大人だ。どちらの親と暮らすかは成の自由。私から言うことではないよ。ただ、この店に押しかけるのはもうやめてくれ」

父が冷静であればあるほど、成の感情は荒ぶっていった。目の前の敵に対して、殺意に似た怒りを覚える。この人が全部めちゃくちゃにしてしまう。今までも、これからも、この人がいるから……。

「帰って！」

気づけば成は叫んでいた。滅多に大きな声を出さない成が、悲鳴のように怒鳴る。

「もう帰って‼　二度と顔を見せないで‼」

フクコがすっくと立ちあがった。普段は食堂スペースに入ってこないが、今日は特別と言わんばかりに成の横に寄り添い、母に向かって対峙《たいじ》した。

母は急に横を擦りぬけた大きな犬に驚いたのか、一歩後ずさった。娘の剣幕に、これ以上話しても無駄だと思ったらしい。

「わかった。わかりました。帰るわよ。でも、私は成をいつでも迎えに来られるからね。ここに連絡先を置いていくから」

母は財布から取り出したレシートの裏にささっと自分の電話番号を書いた。ソファの前のローテーブルに置くと、振り返ることなく書店を出て行った。

母がいなくなると場に静寂が戻った。成は肩で息をしていた。怒りと興奮が収まらない。父が成の肩をそっと叩《たた》く。

「成、今日はフクコと上で休んでいなさい」

「でも……」

「そんな顔をしていたら、常連さんが心配するよ。大丈夫」

成はうなだれ、夏郎の言葉に従った。後をフクコがついてきて、入れ違いに大福が階下へ降りていったのだった。

＊＊＊＊＊

学校に通えず、フクコと過ごしていた頃、成の心は案外落ち着いていた。最初は渋い顔をした祖父も、父の説得で成の精神状態を理解してくれた。

成は自宅を掃除し、祖父や父の蔵書を読んで過ごした。父の自作のレシピ集は何度も何度も読んだ。

祖父が病で亡くなったのは成が小学校三年の年。引っ越して一年ほど経った頃だった。

祖父を見送って間もなく、成は大きな怪我《けが》をした。商店街で自転車とぶつかり、救急車で運ばれる騒ぎになったのだ。

『動脈に傷がついているかもしれないので、輸血の可能性があります。一応血液型を聞いておきたいんですが』

救急隊員が駆け付けた父にそう言っているのを聞いて、痛みをこらえながらも成は先に答えた。

『私はAB型です。お父さんと同じAB型です』

そう母から聞いたのを覚えていたのだ。すると、父が『いえ』とするどく遮《さえぎ》った。

『この子はO型です』

そのとき、場にどんな空気が流れたか、成は覚えていない。ただ、搬送される救急車のサイレンを聞きながら、このまま死なないように祈った。祖父に引き続き、自分まで死んでしまえば、父は打ちのめされるだろう。

一方で自分と父の血液型が違う事実は、成の胸に刻まれていた。遺伝の法則など知らなかった九歳の成は、退院後にふくふく書房の片隅で答え合わせをした。

父の血液型からO型の子は生まれない。

(そうか。私はお母さんが浮気してできた子なんだ)

拾われっ子というお伽話《とぎばなし》のごときストーリーは都合のいい妄想でしかない。成の顔はそばかす以外、母の面影を色濃く映していたからだ。

成はその場で家出を決意した。

リュックサックに下着と衣類を詰め、小さながま口に貯《た》めたお小遣いを全部入れた。怪我をした左足にはまだ大きな傷があり、太ももに包帯が巻かれていたけれど、もうここにはいられないと思った。

(お父さんは私が可哀想《かわいそう》だから育ててくれているんだ)

母に施設に預けると言われ、不憫《ふびん》だから引き取っただけ。だけど、きっと父はつらかったはずだ。裏切りの証《あかし》を見続ける日々なのだから。

(これからもっとお母さんに似てきたら、きっとお父さんは私を嫌いになる)

そうなる前に父から離れたかった。

成は父が大好きだった。

幼い頃からずっと大好きだった。自分が本当の娘なのかと不安だったこの一年、それでも父を大事に思う気持ちは変わらなかった。学校に行けなくなった自分を労《いたわ》り、いつも優しく、美味しい食事を作ってくれる父は成のすべてだった。

（お父さんをこれ以上傷つける前に、お父さんに嫌われる前にいなくならなきゃ）

リュックを背負い、二階から降りる。書店の控室兼倉庫にある四藤家の玄関でスニーカーを履き、紐《ひも》をきつく結んだ。

後をついてきたフクコの顔を両手で挟み、成は厳重に言い聞かせた。

『フクコはこの家にいて。お父さんが寂しくないように』

『フウン』

フクコは鼻を鳴らした。顔ははっきりとわかるくらい不満げだった。

『んーん、だーめ。フクコはおうち』

するとフクコが口を開け、成の服の裾をかじったのだ。半袖パーカーの裾に噛《か》みつき、ぐいぐいと引っ張る。成は慌てた。フクコはまだ若く、力が強かった。

『だめ！　やぶけちゃう！　フクコ！　離しなさい！』

フクコはけっして離そうとしない。むしろ、足をぐっと突っ張り、成の身体を上がり框《がまち》に引き上げようとするのだ。

『フクコ!』

成は怒声を張り上げ、フクコの顔を押し返そうとしたが、とうとう力負けして玄関に転がった。

怪我が回復していない足が痛み、呼吸が止まりそうになる。

『どうした?』

物音を聞きつけて、父が書店からやってきた。転がって呻《うめ》く成と、横に寝そべり耳を垂れるフクコを見て、心底驚いた顔をした。

店番をパートに任せて、父は成を背負って自宅へ上った。リュックは玄関に置き去りだ。

『足は? 傷は開いていないと思うけど、痛みが強いならすぐに病院に行くよ』

ソファに座らされた成はむっつりと黙り込んだ。もうおしまいだと思った。父が見ていない隙にこの家を出る予定だったのに。父はパンパンのリュックサックを見ているし、フクコがふざけただけではないと察しているだろう。

『黙っていたらわからないよ、成』

父は困ったように息をつき、成の包帯を取ろうとする。直接傷を確認しようと思ったらしい。成は首を振って、その手を押しとどめた。

『私はお父さんの子どもじゃないの？』

言葉は引っかかって、涙に呑《の》まれた。一度あふれだした涙は、洪水のように勢いよく流れ、成の頬も服もびしょびしょに濡らす。嗚咽《おえつ》が止まらず、しゃくりあげてうまく息もできない。

成は泣きじゃくりながら、父の顔を見られないでいた。聞くべきではなかったとすでに後悔していた。それでも、聞かないわけにはいかないとも思っていた。

成の涙の大きな波が収まってから、父は静かに頷いた。

『お母さんが、僕に結婚しようって言ったとき、きみはすでにお母さんのお腹《なか》の中にいた』

涙でぐしゃぐしゃな顔で成は父を見つめた。涙はあふれるのに、身体が凍り付いたように動かなかった。

『きみが僕の血を引いていないことは最初からわかっていたし、お母さんに対してはずるいなという気持ちもあったけれど、僕はお母さんもきみも丸ごと幸せにするつもりで結婚を了承したんだよ』

父はティッシュの箱を手に取り、成の涙を優しく拭くと、大きな手で頭を撫でた。

『だから成は、誰がなんと言おうと僕の娘。きみが生まれて、僕にくれた幸せは数えきれないよ。幸せにしてあげるつもりが、僕がもらってばかりだ。僕をきみのお父さんにしてくれた神様に感謝してる』

新たな涙があふれてきた。せっかく拭いてもらったのに、止められない。

成は父の腕の中に飛び込んだ。悲しくて、申し訳なくて、だけどその何倍も嬉しくて声をあげて泣いた。

『長く、言えなくてごめんね。きみを傷つけたくなかったのに。きっときみはずっとひとりで苦しんでいたんだろう』

『私、……お父さんの娘でいていいの？』

『あたりまえだよ。成、生まれてくれてありがとう』

成は父に縋《すが》り付き、大きな声で泣いた。母がいなくなったときも流れなかった涙が、堰《せき》を切ったようにあふれて止まらなかった。フクコがずっとふたりの隣に寄り添うように寝そべっていた。

＊＊＊＊＊

階段を上がってくる音で成は目を覚ました。洗濯物をたたんでいて、眠くなったのは覚えている。フローリングに横になって眠っていたようだ。隣にはフクコが丸くなっていて、大福もフクコの向こうにいる。フクコも成の目覚めとともに茶色の目をぱっちりと開けたが、大福はまだ寝ている。

「そんなところで寝ていたのかい」

店じまいをした夏郎が戻ってきたのだ。時刻は二十四時。手には残ったカレーの鍋がある。

「寝ちゃってた」

「風邪ひくよ。エアコンで冷えるだろう」

「フクコがくっついてたから、あったかかったよ」

成は身体を起こし、立ち上がった。頭がぼうっとしていて、ほんの数時間前のことが心を重たくしていた。

「今日は木名《きな》さんがお友達と来たよ。あとは初めてのお客さん。成の作ったチーズタルト、大好評だった」

父の報告を、成は立ち尽くして聞いた。言葉がなかなか出てこない。それでも言わなければ。

「昼間、お母さんに会ったこと、言わないでごめん」

「……ああ、いいんだよ」

短く答え、父は鍋を冷蔵庫にしまう。明日のふたりの朝食にするために。

「どうしたいか、成が決めていい」

成は奥歯を噛み締めた。母と対峙したときの激情がよみがえってくるかのようだ。

「お父さんは、私が邪魔？　いつまでも家に居座られたら困る？」

夏郎が振り返った。成は口にした途端に後悔した。こんな言い方をしたかったわけじゃないのに。

「ごめんなさい。お父さんの気持ち、わかってるのに。ごめんなさい」

涙があふれだし、必死に手でぬぐう成に父が近づいてきた。子どものときと同じように、成の頭を撫でる。

「成と私は父娘《おやこ》。それは絶対に変わらないよ」

夏郎は静かな声調で言った。なだめるのではなく、大事なことを過《あやま》たず伝えようとするように。

「でも、成の中に母親を望む気持ちがあるなら、私は止められない」

「そんなのあるわけない」

「でも、成は怒っていただろう。成の中には、お母さんに対して消化不良の感情がまだあるんじゃないかな」

違う……とは言い切れなかった。幼い頃から成を見ようとしなかった母。ひとりきりの夜の寂しさを忘れていない。そして母は成を捨てた。

「……どうして、今更現れたのか……それは少し気になった」

「うん」

「私のことを覚えていたんだって思った」

成は泣き止《や》み、ティッシュペーパーで勢いよく洟《はな》をかんだ。顔をあげる。

「今日、お母さんの話、ろくに聞かなかった。もしかしたら、他に言いたいことがあったのかもしれない」

言葉を切り、成は父をまっすぐに見つめた。

「もう一度、会って話してきてもいい？」

「いいよ。成にはきっと必要なことだろうから」

父は小さい目を細め、深く頷いた。どこまでも穏やかだった。

会いに行くと電話すると、母は喜んでいた。家の住所と最寄《もよ》り駅、詳細な道のりを教え、駅まで迎えに行こうかという。その様子は、娘の訪問を心から歓迎している様子だった。

なぜ、母は今頃になって会いに来たのだろう。

再婚して精神的に、金銭的に余裕ができたのだろうか。娘ではなく男性を選んだ過去に罪悪感があるのだろうか。

母の今の夫がどういう人かは聞いていないが、そういった過去をあらかた聞いた上で迎え入れると言ってくれたならいい人なのかもしれない。

（実は病気で、最後くらいは娘と暮らしたい……なんてことないよね）

ガラガラに空《す》いた電車の座席で、反対側の車窓を眺めながら成は思った。いや、成は万が一にもそういう可能性があるならと思って、こうして千葉県の母の住まいへ向かっている。

かつて住んでいた地域の近隣の街に母は住んでいた。初めて降り立つ街だ。成は周囲を見渡し、駅前の看板で方向を確認した。

母の住むアパートは木造で築年数は経っていそうだが、小綺麗に整えられていた。外壁はピンク色で、窓枠やドアが白。なかなか少女趣味だなと思いながら、二階の母の部屋のドアチャイムを押した。表札に名前はないが、聞いた住所はここだ。

「はーい」

中から聞こえた声は母だ。よかった、間違えていなかったようだ。成が胸を撫でおろすと、ドアが開き、母が現れた。

「いらっしゃい。よくきたわねえ。入って入って」

先日会いに来たときは、花柄のワンピース姿だった母。今日はトレーナーにスウェットという部屋着スタイルだ。ノーメイクでワンレングスの髪は無造作に束ねている。先日との落差に、かすかに違和感を覚えた。

「お邪魔します」

玄関を入ってすぐ横の部屋に通されるとそこはダイニングルームだった。四人掛けのテーブルとイス。そして、冷蔵庫や食器棚の隣に、大量の箱が積み重ねられてある。調理器具やサプリメントのようだ。すべて同じマークがついている。

「ああ、荷物多くてごめんね。これ、仕事の」

母に促され、椅子のひとつにかけた。出されたお茶と目の前に見えるキッチンの様子に、少なくとも母はこの家では炊事に多少なりとも関わっているのだなと感じられた。成と夏郎と住んでいた頃、母は成の幼稚園のお迎え以外の家事はほぼやらなかった。

「来てくれて嬉しい。本当よ」

母は成の向かいに座り、頬杖《ほおづえ》をついてにっこり笑う。

「お母さんと暮らすつもりはないから。ただ、何か困ったことがあって来たんじゃないかと思って」

「成は優しい。あのお父さんに育てられたからねえ」

皮肉ではないようだった。成の心情を慮《おもんぱか》って、夏郎を褒めておこうと思ったのかもしれない。

(こんな粗探しみたいな考え方、よくない。お母さんも話しづらくなるし、もう少し穏やかに会話しなきゃ)

言葉を探すが、色々なことが気になりすぎる。部屋にそびえる箱の数々。そのマークは成も知っている。所謂《いわゆる》マルチ商法だ。

「再婚した人、……どんな人なの?」

「ああ、仕事で知り合ってね。今日は営業に出てるんだけど」

母がそう言ったときだ。

「ふぎゃあああああ」

隣室の引き戸の向こうから泣き声が聞こえだした。間違いなく人間の赤ん坊の声だ。

驚く成を後目に母は「起きちゃったかあ」と立ち上がる。引き戸を開けると向こうは寝室のようで、敷きっぱなしの布団が見えた。あやす声が聞こえたと思ったら、母が赤ん坊を抱いて現れた。

「その子……」

「成の弟よ。去年生まれて、もうじき一歳」

大声で泣き、手足を振り回して暴れる赤ん坊をあやしながら、母は何の臆面もなく

言った。母の年齢から考えれば、有り得ない話ではない。

「はい、成が抱っこして。私、ミルク作らなきゃ」

「無理……。抱いたことないから」

「最初はみんなそうでしょ。首が据わってるから大丈夫」

「責任持てない……」

頑《かたく》なに手を出そうとしない成に、母は呆れたように嘆息した。隣室から赤ちゃん用

の椅子を持ってきて暴れるその子を無理やり座らせ、チェアベルトをつける。

成は絶対に抱きたくないと思った。母の魂胆がわかり始めたからだ。

「毎日、一緒に過ごしたらあっと言う間に慣れるわよ。成と私、旦那とこの子。四人

でね」

母が調乳をしながら言う。その背中を成はじっと見つめた。悲しい気持ちがよみが

えり始めていた。赤ん坊の泣き声がわんわんと部屋中に反響する。

「お母さん、私にこの子の面倒を見させたいの？」

哺乳瓶を振りながら、母が振り向いた。目を見開いて笑っている表情は異様だった。

「そういうわけじゃないわよぉ。でも、家事を担ってくれたらそりゃ嬉しいわ。成が育児を担当してくれたら、私も仕事に復帰できるしね」

母は壁を指さした。埃《ほこり》がついた賞状が貼られてある。

「妊娠前はトップセールスだったんだから。すごいでしょう」

成はしばし黙った。半分血の繋がった弟を母が抱き上げ、口にすぽっと哺乳瓶を押し込んだ。部屋には一瞬にして静寂が戻り、赤ん坊がミルクを飲む音だけが響く。

「……今日私が来たのは、お母さんが体調に不安があるのかなって心配したからだよ。家族ごっこに参加する気はない」

「家族ごっこって。私もこの子も、成と血が繋がっているのよ。家族じゃないの」

母が笑った。まだ成を説き伏せられると思っているのかもしれない。成は首を横に振った。

「私とお父さんはね、ふたりで向かい合って食事をするんだ。同じものを食べて、同じ栄養で身体を作る。それから一緒に書店の仕事をして、食堂でごはんを作って、犬のフクコと猫の大福と並んでテレビを見たりするんだ。おはようとおやすみを言って、生活を積み重ねて家族になった。血の繋がりが家族の条件じゃないよ」

言いながら成は涙を飲み込んだ。目の前にいる血縁が、誰より遠いところにいる存在だと感じられた。けっしてこの人の前では泣くまい。

「お母さんは私が八歳のときに、家族を捨てたの。新しい家族を作ってもその罪は消えないし、元の家族はお母さんに振り向かない」

母はふうと息をついた。白けた表情は、おそらく成が思い通りにならないと理解したからだろう。この瞬間、母ははっきりと諦めたのだと成にはわかった。

「じゃあ、憎まれ口を叩きにきたわけだ。あんたを捨てたお母さんに」

「結果的にそうなっちゃったね」

成は立ち上がった。もう、この場にいる用事はなくなった。

「お茶ご馳走《ちそう》様でした。もう会うことはないと思います」

母は何も答えなかった。玄関で靴を履き、最後に振り向いた。赤ん坊を抱いたままの母は、やはり年相応に老けていた。重ねてきた人生のせいか、眉間には深い皺の筋が消えていない。腕の中で、すっかりご機嫌になった赤ん坊がきゃはっと笑い声をあげた。

「その子は大人になるまで大事に育てて。絶対に」

「余計なお世話」

母は不機嫌そうに言って、目を背けた。


電車に揺られ、東京郊外の地元に成が戻ってきたのは十九時過ぎだった。

帰宅する人々の流れにそって成は家路を目指す。駅前商店街の一角、路地を入ったところに我が家・ふくふく書房はある。

見れば父がすでに外の雑誌棚を中にしまっているところだった。

「閉店には三十分ほど早いんじゃないの？」

声をかけると、父が振り向いた。

「おお、おかえり、成。閉店は二十時ぴったり。ただ、今日は十八時過ぎからずっと暇でね。閉める準備だけしておこうかなと」

「不真面目《ふまじめ》店主〜。今夜は食堂を開けないんでしょ」

父が頷き、成を見やった。

「今日は成のためにお店をやろうかなと思ってね」

書店を片付け、二十時過ぎに父はコックコートを羽織って食堂のカウンターの中にいた。

成は客席に座り、後ろのいつものスペースにはフクコが待機している。

「メニューはなに？」

「ホットケーキ」

そう言って、父は材料を調理台に並べていく。

なんだ、ホットケーキかとは言わず、成は身を乗り出した。

「しろくまちゃんの？」

「そう。成の大好きな『しろくまちゃんのほっとけーき』」

成のお気に入りの絵本『しろくまちゃんのほっとけーき』。思えば、あれが最初の再現メニューだった。

「すごくちっちゃい頃から何度も一緒に作ってくれたね」

「成が喜ぶとね、私も嬉しいんだよ。『ぽたあん　どろどろ　ぴちぴちぴち　ぷつぷつ』って、一緒にね」

父が何度も繰り返した作中の手順を暗唱する。成は立ち上がった。

「待ってて！　今、絵本もってくる」

「全部頭に入ってるだろう」

「再現メニューは本と並べて楽しむものよ！」

成は大急ぎで二階へ駆けあがり、自室から絵本を取ってきた。どたばたという足音に二階のソファで寝ていた大福が目を覚ます。

戻ってくると、父はすでに生地を作り終えていた。

「ねえ、焼けたらこんなふうに重ねて」

表紙のホットケーキの山を見せると、父が苦笑いする。

「いつもそう言うけど、そんなに食べられるのかい？」

「今日はこれがお夕飯でしょう。余裕だよ。あ、昨日のポテトサラダをのせても美味しそう」

「ベーコンを焼いてメープルシロップを添えようか」

「やっぱり私も手伝うよ」

成は再び二階に戻り、エプロンを身に着けた。ポテトサラダ、他にも生クリームやフルーツ缶など、ホットケーキと一緒に楽しめそうなものを両手で抱えて階下に降りる。今度は大福もついてきた。

「ほら、焼くよ。成」

「わあ、待って。見たい、見たい」

　カウンターの中に入り、父がおたまで生地をフライパンに落とすのを見守った。絵本にはないが、バターを引き、フライパンの温度を一度冷まして焼いていく。成は横で生クリームを泡立てる。

「『ぷつぷつ』してきた」

「『まあだまだ』」

　絵本の文言をなぞって言い合う。フライ返しでひっくり返すと、綺麗なきつね色の面が見えた。

「綺麗に焼けてる〜」

「お父さんをなんだと思ってるんだい」

「さっすがお父さん」

　何枚も何枚もホットケーキを焼いていく。ベーコンやボロニアソーセージも焼き、レタスとポテトサラダを盛り付け、生クリームとフルーツも別皿に用意すると、素敵なホットケーキディナーセットが出来上がった。

「りんごの甘いお酒があるよ」

「飲もうかな。お酒、あんまり得意じゃないから、ちょびっとね」

「知ってるよ」

小さなグラスにシードルを注いで、乾杯をした。父はカウンターの向こうに椅子を置いた。客席に座らないのは店主のこだわりだろうか。それともまだ追加で料理をするからだろうか。

たっぷりのバターとはちみつをかけ、成は一枚目のホットケーキをナイフとフォークで切り分けた。

ぱくりと口に頬張る。ふかふかでいい香りがする。はちみつとバターの染み具合も最高だ。

「美味しい！　お父さんのホットケーキは世界一！」

「嬉しいね」

「このお店のお客さんは幸せ者だよ。こんなに美味しいごはんを食べられて」

もちろん、私もね、と口にして成は、父をじっと見つめた。

「あのね、今日……」

「いいよ」

父の言葉は、詳細を語らなくてもいいという意味だろう。母のもとから帰ってきた成の表情で、おそらく父は母娘の対談が残念な形に終わったと気づいているだろう。

　成は次から次へとホットケーキを口に運んでいく。ふたりで食べるとホットケーキの山はあっと言う間に半分以下になった。添えたおかずやトッピングもどんどん減り、夏郎が奥の冷蔵庫からクリームチーズを出してきた。

「お父さん、私ね。この先もお父さんと一緒にふくふく書房をやっていきたい」

　成はグラスのシードルをひと口飲み、口を開いた。

「うん。書店を継いでくれるのは嬉しいよ。この駅前にはここしか本や文具を買える場所がないからね」

「この食堂もね。跡を継ぎたいんだ」

　夏郎が小さな目を丸くして成を見た。成は照れて笑う。初めて口にしたが、ずっと成の心にある夢だった。

　言葉にしていいのか自信がなかった。その道を父が望んでくれるか不安だったし、自分にその資格があるのかもわからなかった。

　しかし悩むのも立ち止まるのも、もうおしまいでいい。

「お父さんが大好き。フクコも大福も大好き。ふくふく書房に集うお客さんも大好き。この場所を守るために、そろそろ動き出したいんだ。料理や栄養の勉強をしたいし、調理師の免許も取りに行きたい」

「学校に通いたいんだね」

「うん……うまく通えるかわからないけど……。チャレンジしてみたい。いいかな」

成の精一杯の願い。父は優しく微笑《ほほえ》んだ。それは不愛想な父にしては最上級の微笑みで、その小さな目がわずかに潤んでいたのは気のせいだろうか。

「応援するよ。成の人生の応援が、私の一番の仕事だからね」

「大袈裟《おおげさ》だなあ。でも、ありがとう、お父さん」

成は洟をすすり、にじんできた涙をこすると、次のホットケーキをお皿に取った。

「さあて、次は何をのせようかな。クリームチーズとメープルシロップとソーセージは？　きゅうりとレタスとハムにからしマヨネーズって手も」

「全部試してごらんよ。まだまだ焼くから」

すると、成の背後で「わふっ！」という大きな声。

振り向けば、フクコと大福が並んで座り、じいっとこちらを見ている。さっきの大きな吠え声は当然フクコの主張だ。

「フクコの大好きなバターの匂いだったね！　ごめん、ごめん」

「成、フクコと大福用に無添加のササミジャーキーを作ってある。あげなさい」

「ふたりともおやつだって！」

成は立ち上がり、夏郎から受け取ったジャーキーを手にふたりに駆け寄った。

引用・参考文献一覧

『坊っちゃん』夏目漱石　著（一九五〇年／新潮社）
『銀河鉄道の夜』宮沢賢治　著（二〇一一年／角川春樹事務所）
『落語百選　夏』麻生芳伸　編（一九九九年／筑摩書房）
『赤毛のアン―赤毛のアン・シリーズ1―』L.M.モンゴメリ　著　村岡花子　訳（二〇〇八年／新潮社）
『赤毛のアンのお料理ノート　L.M.モンゴメリ作　村岡花子訳『赤毛のアン』をもとにして』文化出版局　編（一九七九年／文化出版局）
『L.M.モンゴメリの「赤毛のアン」クックブック　料理で楽しむ物語の世界』ケイ

ト・マクドナルド／L.M.モンゴメリ　著　岡本千晶　訳（二〇一八年／原書房）
『プラム川の土手で　大草原の小さな家3』ローラ・インガルス・ワイルダー　著　こだまともこ／渡辺南都子　訳（一九八八年／講談社）
『大草原の『小さな家の料理の本』ローラ・インガルス一家の物語から』バーバラ・M・ウォーカー　文　ガース・ウィリアムズ　絵　本間千枝子／こだまともこ　訳（一九八〇年／文化出版局）
『モモちゃんとアカネちゃん　モモちゃんとアカネちゃんの本（3）』松谷みよ子　著　菊池貞雄　絵（一九八〇年／講談社）
『しろくまちゃんのほっとけーき』わかやま　けん／もり　ひさし／わだ　よしおみ　作（一九七二年／こぐま社）

小学館文庫
好評既刊

私たちは25歳で死んでしまう

砂川雨路

ISBN978-4-09-407176-4

未知の細菌がもたらした毒素が猛威をふるい続け数百年。世界の人口は激減し、人類の平均寿命は二十五歳にまで低下した。人口減を食い止め都市機能を維持するため、就労と結婚の自由は政府により大きく制限されるようになった。そうして国民は政府が決めた相手と結婚し、一人でも多く子供を作ることを求められるようになり——。結婚が強制される社会で離婚した夫婦のその後を描く「別れても嫌な人」。子供を産むことが全ての世の中で〝子供を作らない〟選択をした夫婦の葛藤を描く「カナンの初恋」など、異常が日常となった世界を懸命に生きる六人の女性たちの物語。

ISBN978-4-09-406890-0

小学館文庫
好評既刊

銀座「四宝堂」文房具店

上田健次

ISBN978-4-09-407192-4

銀座のとある路地の先、円筒形のポストのすぐそばに佇む文房具店・四宝堂。創業は天保五年、地下には古い活版印刷機まであるという知る人ぞ知る名店だ。店を一人で切り盛りするのは、どこかミステリアスな青年・宝田硯《けん》。硯のもとには今日も様々な悩みを抱えたお客が訪れる——。両親に代わり育ててくれた祖母へ感謝の気持ちを伝えられずにいる青年に、どうしても今日のうちに退職願を書かなければならないという女性など。困りごとを抱えた人々の心が、思い出の文房具と店主の言葉でじんわり解きほぐされていく。いつまでも涙が止まらない、心あたたまる物語。

小学館文庫
好評既刊

海近旅館

柏井壽

ISBN978-4-09-406812-2

亡き母の跡を継ぎ、東京での仕事を辞め静岡県伊東市にある「海近旅館」の女将となった海野美咲は、ため息ばかりついていた。美咲の旅館は〝部屋から海が見える〟ことだけが取り柄で、他のサービスは全ていまひとつ。お客の入りも悪く、ともに宿を切り盛りする父も兄も、全く頼りにならなかった。名女将だった母のおかげで経営が成り立っていたことを改めて思い知り、一人頭を抱える美咲。あるとき、不思議な二人組の男性客が泊まりに来る。さらに、その二人が「海近旅館」を買収するための下見に来ているのではないかと噂が広がり……。

小学館文庫
好評既刊

京都スタアホテル

柏井壽

ISBN978-4-09-406855-9

創業・明治三十年。老舗ホテル「京都スタアホテル」の自慢は、フレンチから鮨まで、全部で十二もある多彩なレストランの数々。そんなホテルでレストランバーの支配人を務める北大路直哉は、頼れるチーフマネージャーの白川雪と、店を切り盛りする一流シェフや板前たちとともに、今宵も様々な迷いを抱えるお客様たちを出迎える——。仕事に暮らしと、すれ違う夫婦が割烹で頼んだ「和の牛カツレツ」。結婚披露宴前夜、二人で過ごす母と娘が亡き父に贈る思い出の「エビドリア」……おいしい「食」で、心が再び輝き出す。

まぎわのごはん

藤ノ木 優

ISBN978-4-09-407031-6

修業先の和食店を追い出された赤坂翔太は、あてもなく町をさまよい「まぎわ」という名の料理店にたどり着く。店の主人が作る出汁の味に感動した翔太は、店で働かせてほしいと頼み込む。念願かない働きはじめた翔太だが、なぜか店にやってくるのは糖尿病や腎炎など、様々な病気を抱える人ばかり。「まぎわ」はどんな病気にも対応する食事を作る、患者専門の特別な食事処だったのだ。店の正体に戸惑いを隠せない翔太。そんな中、翔太は末期がんを患う如月咲良のための料理を作ってほしいと依頼され——。若き料理人の葛藤と成長を現役医師が描く、圧巻の感動作！

本書のプロフィール

本書は、小学館文庫のために書き下ろされた作品です。

小学館文庫

ふくふく書房《しょぼう》でお夜食《やしょく》を

著者　砂川雨路《すながわあめみち》

二〇二五年五月七日　初版第一刷発行

発行人　庄野 樹
発行所　株式会社 小学館
〒一〇一-八〇〇一
東京都千代田区一ツ橋二-三-一
電話　編集〇三-三二三〇-五二三七
　　　販売〇三-五二八一-三五五五
印刷所――――中央精版印刷株式会社

造本には十分注意しておりますが、印刷、製本など製造上の不備がございましたら「制作局コールセンター」(フリーダイヤル〇一二〇-三三六-三四〇)にご連絡ください。(電話受付は、土・日・祝休日を除く九時三〇分～一七時三〇分)

この文庫の詳しい内容はインターネットでご覧になれます。
小学館公式ホームページ　https://www.shogakukan.co.jp

ISBN978-4-09-407459-8